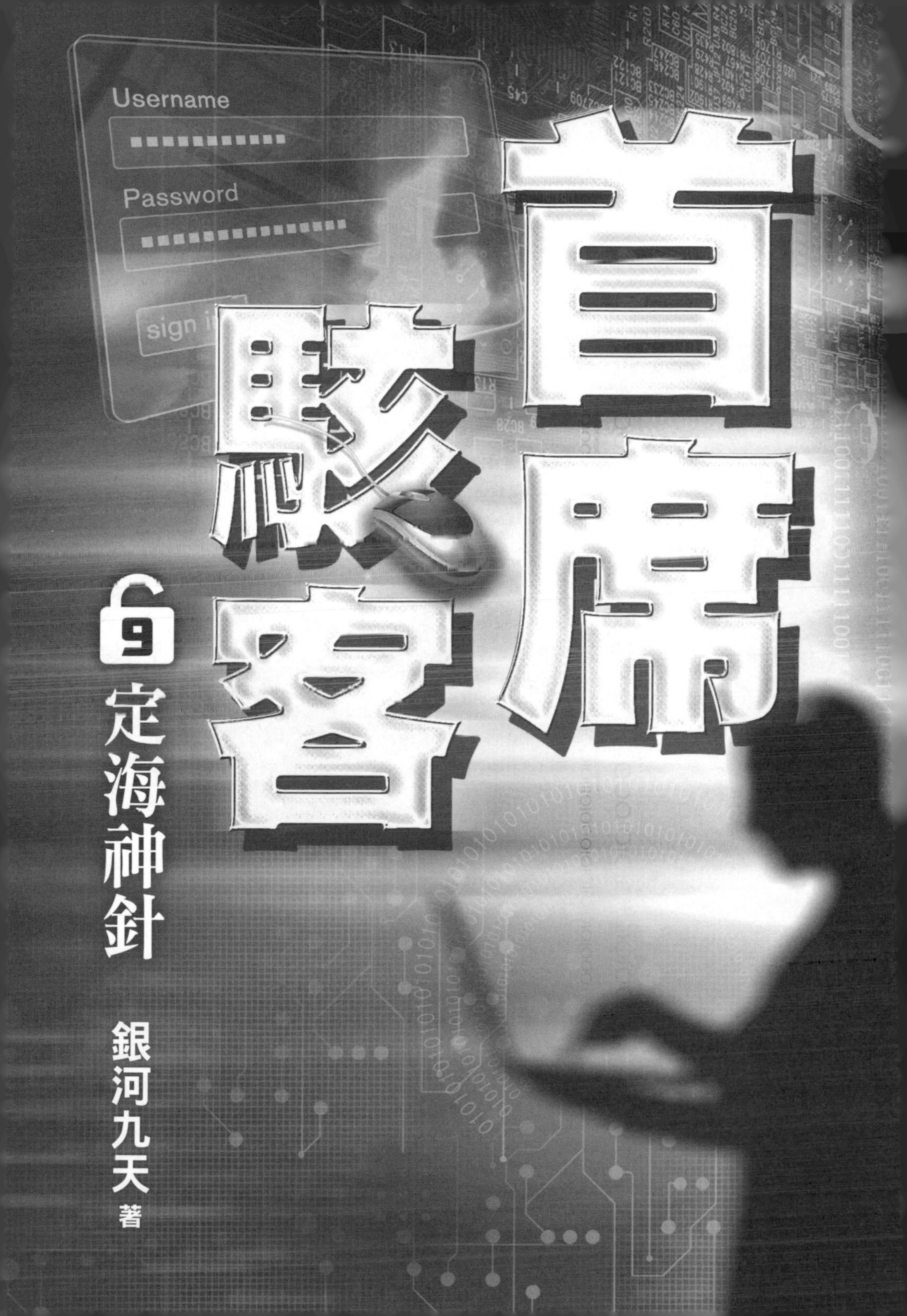
Username
Password
sign in
首席駭客
9
定海神針
銀河九天 著

Contents 目錄

第一章　西毒殺破狼

劉嘯看見對方右耳戴了一個耳環，這在年輕人裏十分常見，但殺破狼成名已久，現在應該是三十多歲的年紀，似乎在這個年齡層，很少看見扎耳環的，劉嘯不由對此人的身分產生了懷疑，這人真是殺破狼嗎？

劉嘯現在有點拿不定主意，回到辦公室，他給熊老闆打電話，想諮詢一下熊老闆的意見，畢竟他是公司的大股東，公司要做出重大的決策，還是必須要考慮熊老闆的意見。

熊老闆此時還在封明忙著開發區的事情，聽到劉嘯的話，他什麼也沒說，稍微沉吟了片刻，就反問劉嘯一句：

「你在怕什麼呢？你接手軟盟的時候，軟盟也不過就是一個群龍無首、內外交困的爛攤子，現在有這麼好的一個機會，為什麼不去搏一把？大不了你我再從頭來過嘛，人生短短幾十年，這樣的機會，你能遇到幾次？」

「你的意思我明白了！」劉嘯知道熊老闆的意思了，他更看中的是機會，並不是每個人都有這樣可以成為行業領導者的機會，人生如果不能瀟灑活出精彩，熊老闆認為會是一個遺憾。

「不過，作為過來人，我得提醒你一句！」熊老闆嚴肅地說，「你不要以為那些人就只有這些手段，他們可以利用一些地方政府低價買進軟盟的產品，就很難說他們不會利用這些關係向軟盟施加一些其他的壓力！」

劉嘯愣了一下，熊老闆這麼說，就是說這種事情很有可能會發生，這讓劉嘯不由有些擔心，他什麼都不怕，就怕自己往前衝的時候，有人在背後絆他的腿。

「你也不必太擔心，我這也是猜測罷了，不過，咱們得考慮到各種壞的結果，做到未雨綢繆！」

「我知道了！」劉嘯應著，看來即便是對自己非常有利的事情，要想做好，也不是那麼容易啊，「我會注意的！」

「好，有什麼事你就打電話給我，其他事我不敢說，但在這方面，我比你能稍微有些經驗，還能幫你參謀參謀！」熊老闆收購軟盟以來，這是頭一次主動過問軟盟的事。

「有你把關，那我就放心了！」劉嘯又和熊老闆客氣了幾句，就掛掉了電話。就算是要去搏，那也得有個搏的套路吧，總不能稀裏糊塗就上陣，劉嘯現在就是為這個發愁呢。

想了半天，劉嘯突然來了靈感，從椅子上站起來，「靠，既然不知道和誰去賭，那就自己坐莊好了！」說完，劉嘯直奔商越那兒，他要和商越商量一下。

商越此時正忙著，一下接了那麼多單子，就屬她屬下的部門最忙。

劉嘯不敢耽擱商越的時間，直接挑明來意，道：「商越，我問你，你說咱們設個擂臺，讓全世界的駭客高手來找咱們產品上的漏洞，怎麼樣？」

商越放下手裏的活，略一思考，「設擂臺是可以，不過我覺得目前還用不到吧，一來咱們有專業的測試部門，二來，咱們的產品現在剛剛推廣，應該先讓市場來檢驗，等加強完善之後再設擂臺也不遲。否則，要是被人找出太多的漏洞，對咱們產品接下來的推廣沒有什麼好處！」

「這個我也考慮到了！」劉嘯頓了頓，「只是我想，咱們的產品遲早會成為別人的安全標靶，與其讓別人暗地裏惡搞，倒不如咱們先把自己設為靶了。這樣做有兩個好處，第一，咱們今後的發展，需要有一支反應迅速、經驗豐富的技術隊伍來應對突發的產品安全危機，可這正是咱們目前最薄弱的一個環節，而我覺得這些東西是從推廣一開始就應該有的，否則以後肯定會成為絆腳石，而這個擂臺剛好能鍛煉這支隊伍；第二，雖然說有可能會被人找出許多的漏洞來，但卻也可以說明咱們在產品自身安全方面是負責任、不逃避問題的。」

「你說的也有道理！」商越一點頭，繼續忙自己的事。

劉嘯來找商越，本是想讓這事由商越來負責，現在一看商越已忙得焦頭爛額了，只好道：「那這事就算定了，你忙吧！」

出了商越的辦公室，劉嘯逕自走進公司的機房，幾位網管看見劉嘯，就和劉嘯打著招呼。

劉嘯把機房掃視了一遍，「咱們現在還有空置的伺服器嗎？」

「有！」網管的負責人點頭，「咱們有很多台備份用的伺服器，基本上都沒有人用！」

「那就好！」劉嘯點頭，「抽一台出來，你們做好安全設置，我有用！」

「沒問題！」幾位網管拍著胸脯。

「行，那大家就抓緊吧！」劉嘯說道，「我這兩天就要用！」說完，出了機房，掏出手機給李易成打電話。

李易成接到劉嘯的電話，顯得很高興，「劉嘯啊，什麼事？」

「有一件事，想要請李大哥你幫忙！」劉嘯道。

李易成在電話裏笑說：「你有事吩咐就是了，說吧，什麼事？」

「是這樣！」劉嘯整理了一下思路，「現在我們軟盟不是開始推廣幾個高端的安全產品了嗎，這和咱們合作的那套個人安全系統不同，是不帶防禦病毒功能的，雖然說那些客戶會自己配備反病毒軟體，但我還是有點擔憂，將來要是萬一出現某種專門針對軟盟產品的病毒，那我們可能就會很被動，這種事之前就已經發生過。反病毒這塊，你最在行，所以呢，我想請你幫我想想辦法，看能不能在我們的產品中添加一些對病毒免疫的成分進去。」

「這個……」李易成一琢磨，「行，這事就交給我了，我儘快給你想個辦法出來！」

「那太好了！」劉嘯欣喜非常，「先謝謝你了！」

「你再這麼見外，我可就不幫你這個忙了！」李易成笑道。

「行，那我就等你的好消息！」劉嘯說。

「放心吧，我們這些搞反病毒的，哪個沒有壓箱底的東西，只是不能放在反病毒產品上罷了，否則我們就沒飯吃了，你放心，這次我就把我的這些貨全用在你們的產品上，保證讓你滿意！」

劉嘯笑道：「好好好，那我就可以放心地去做推廣了！」

掛了電話，劉嘯又朝實驗室走去，他得設計出一套擂臺的方案來，全面檢測出產品可能存在的所有的問題。只有產品本身過硬，軟盟才算是具備以小搏大的先決條件，否則就算軟盟成了業內的領導者，將來只要出一點點問題，也會把軟盟摔出原形來，這是劉嘯所不希望看見的。

忙活半天，劉嘯剛弄出個頭緒，就聽有人敲實驗室的門，門外站著的正是業務部主管。

業務主管道：「劉總，事情有點不妙！」

「什麼不妙？」這話弄得劉嘯一愣愣的。

「那些訂了咱們產品的外資企業，除了俄羅斯的斯捷科公司，其他幾個都要退訂！」到嘴的鴨子又要起飛了，業務主管腦門上都急出汗了。

「有這事？」劉嘯稍微一驚訝，隨後笑了起來，「太好了，我還巴不得他們都退呢，你告訴他們，可以退，但按照協議，訂金是不退的。」

「劉總！」業務主管瞪大了眼睛，這劉嘯不會是傻了吧，這訂金才幾個錢，如果人家真要退訂，損失的可是好幾億美金，或許還更多，「咱們是不是稍微降點價，再挽救一下？」

「不用！」劉嘯一抬手，「讓他們退，告訴斯捷科，他們也可以退，全退了最好！」

「劉總，現在不是說氣話的時候！」業務主管都快急死了，劉嘯怎麼會這麼說呢。

「你看我像是生氣嗎？」劉嘯笑吟吟地看著業務主管，「其實我一開始就沒打算賣給他們，所以才會開價那麼高，而他們能接受這麼高的價位，說明他們也沒打算真的訂我們的產品！」

「啊……」業務主管摸不著劉嘯的心思，這繞來繞去的，有必要嘛。

「你去通知商越，叫她把這幾個公司的貨都停了，然後讓她到會議室，咱們開個臨時會議！」

劉嘯吩咐完，轉身又進了實驗室，把弄到一半的工作整理一下，就往會議室踱了過去。

「這些公司先是高價購買我們的產品，然後再集體退貨，這些其實都是他們早都商量好的，是一種策略，目的是什麼呢？」劉嘯看著會議室裏坐著的幾位主管，「目的是給我們造成一種錯覺，先讓我們以為自己產品很有市場，沒想到最後卻是白高興一場，這種巨大的反差，會促使我們去思考，甚至開始懷疑和否定自己的產品，而一旦我們有了這種錯覺，大家想一想，我們做出的第一步會是什麼？」

眾人睜大眼睛看著劉嘯，劉嘯的這個玩笑可開得有點大了，這怎麼會是對方事先商量好的呢，他們損失的訂金加起來也不是小數目。

不過，眾人還是按照劉嘯的思路，道：「降價！」

「沒錯，就是降價！」劉嘯頷首，「那大家有沒有想過，他們如此費盡心機，想讓我們降價，到底是為了什麼？」劉嘯看著業務主管，「我記得你前兩天還給我做過一個分析，你先說。」

「為了低價大量吃進我們的貨？」業務主管猜測道。

「除了這個，還有別的理由嗎？」劉嘯笑呵呵地看著他，「否則，你再給我解釋一下，說說那些地方政府多出來的報單是從哪裡來的？」

業務主管抓著腮，要是這麼想的話，還真的是有這個可能啊，這幫人也太狡猾了吧，差點就把自己給套進去了。

「我們想多賺點利潤，而他們呢，一邊是想大量吃進我們的貨，卻又不想花什麼錢。」劉嘯看著眾人，「大家想一想，看有什麼辦法，能讓他們乖乖花錢把咱們的貨買走！」

眾人不語，與其說是想不出辦法，倒不如說是想不通劉嘯的這個推論，太不可思議了。

「算了，大家想不通也不要緊，那我們就維持現狀吧。價格仍然不變，他們來訂貨的話，我們就給訂，要退我們也給退，反正我們不急，僅是國內的這幾筆單子的利潤，也足夠我們撐上很長一段時間了。」劉嘯看眾人也拿不出主意，只好先這麼著了，「不過我得提醒大家，千萬不要慌，因為對手的招數不僅僅只有這些，只要我們降不到他們心裏的理想價位，他們就還會繼續折騰的，這是一場心理博弈，誰能挺住，誰就能拿到最大的利益！」

眾人點頭，雖然想不通，但大家也認為以不變應萬變是一種上上之策。

「那就說下一個議題吧！」劉嘯又道：「其實剛才也提到了，就是有些政府向我們下的訂單數量，遠遠超過了他們的實際使用數量。業務主管已經調查過了，是一些外資企業向這些地方政府做出承諾，訂單上多出來的量，他們以兩倍價格收購。大家看怎麼辦？是就這樣賣給他們，還是拿出個方案來？」

商越一琢磨，道：「我們賣給自己政府的價格，利潤已經是非常微薄了，如果算上日後進行升級和維護的各種費用，其實根本不賺什麼錢，我們是為了搶佔市場，才會以這個價格在國內出售產品，要不是我們之前已經在國內建立了非常完善的代理管道和售後網路，我們是不敢出這個價格的。但要是這些外資企業把我們的產品轉銷到國外去，那我們肯定是會賠的，僅是在國外建立一套售後網路，並維持這個網路正常運轉，這筆費用，就不是我們能負擔得起的。」

眾人點頭，其實業務主管之前擔心的也是這個，這也是大家能同意劉嘯那個四十萬離譜價格的原因。

「那咱們就拿出一個方案吧！」劉嘯正說著，就聽有人敲會議室的門，「進來！」

接待美眉走到劉嘯跟前，「劉總，外面來了個人，非要見你！」

「什麼事？」劉嘯問。

「他說他要應聘！」接待美眉道。

劉嘯一皺眉，「那你帶他去人事部就可以了！」

「不行，他非要見你，他說……」接待美眉一頓，「他說他要應聘軟盟的技術總監！」

此話一出，最為意外的就是商越了，她抬起頭來，看著接待美眉。

劉嘯想也不想，道：「那你告訴他，就說咱們的技術總監已經有人了，而且非常稱職，如果他要應聘其他的職位，就到人事部提交簡歷，否則就請另謀高就吧！」

美眉一應，走了兩步，又回過身來，道：「劉總，你還是去見一下吧，我怕我弄不走他，他非要見你，而且自稱是西毒殺破狼！」

「啊！」這下會議室裏的人全傻了，而商越的反應似乎更為激烈，她一下子站了起來，看樣子是準備要出去會會這個殺破狼了。

劉嘯也站了起來，「西毒？」

劉嘯一抬手，「你們稍安勿躁，我去看看就回來！」

劉嘯跟著接待美眉走進小會議室，就看見裏面坐著一位長髮男子，一身白色休閒西裝，外加一雙白色皮鞋，看起來很是顯眼。

「你好，我就是軟盟的劉嘯！」劉嘯走過去，朝對方伸出手，「聽說你要應聘我們的技術總監一職？」

「你好！」白衣男子站起來，面上沒有任何表情，看不出喜怒，淡淡道：「在下王寒風，人稱西毒殺破狼！」

劉嘯這才看見對方右耳戴了一個耳環，這在年輕人裏十分常見，但殺破狼成名已久，現在應該是三十多歲的年紀，似乎在這個年齡層，很少看見扎耳環的，而且對方的指甲非常修長，這點讓劉嘯最為意外，做電腦這行的，很少有人留那麼長的指甲，因為很難去敲擊鍵盤。劉嘯不由對此人的身分產生了一些懷疑，這人真是殺破狼嗎？

「那我就叫你王前輩吧！」劉嘯坐下，不露聲色地道：「王前輩的名頭可以說是如雷貫耳，但人卻是神龍見首不見尾，如此瀟灑自在，讓晚輩羨慕得很吶！」

「客氣客氣！」王寒風微微頷首，「都是圈裏人錯愛罷了，人在江湖，想做到真正的瀟灑自在，哪裡有那麼容易！」

「說實話，我剛才聽說前輩來，非常意外！」劉嘯看著王寒風，「軟盟的底，前輩肯定很清楚，我沒有想到前輩會看上軟盟這樣的小公司。」

「你何必自謙呢！」王寒風攏了攏自己的長髮，「長期阻礙軟盟發展的一些內在因素已經被消除，而甩手掌櫃龍出雲也退出了軟盟的經營，現在的軟盟和以前完全不同。自從黑帽子大會後，我就一直都在關注軟盟，我非常看好軟盟的發展前景。」

劉嘯呵呵笑著，自己不過試探一下，而王寒風的話，就證明他對軟盟是非常瞭解的，「謝謝前輩對我們的錯愛，前輩能看上我們軟盟，是我們的榮幸！只是有一個情況我得先說明白，軟盟現在已經有技術總監了，而且做得非常出色，公司對她非常滿意……」

「呵……」王寒風輕輕笑了一聲，「你覺得我可能會沒有她做得好？」

「和這個沒有關係！」劉嘯搖頭，「到目前為止，我們沒有任何更換技術總監的理由，她做得非常出色，而且很努力，這也是軟盟這半年能取得長足發展的一個重要原因。」

「這麼說，軟盟是不肯給我這個機會了？」王寒風看著劉嘯。

劉嘯笑說，「能有你這樣的高手加盟，對軟盟來說是件求之不得的好事！除了技術組總監這個職位，剩下的職位，王前輩可以隨意挑選！」

王寒風顯得很失望，這其實已經相當於是變相拒絕了，如果坐不到技術總監這個位置上，就意味著只能去當一些副職，讓一個成名已久的高手去給別人當副手，這在心理上是很難讓他接受的。

「你不覺得自己太固執了嗎，技術總監一職，本來就應該留給技術最好的人去擔任。」

「我說了，我不懷疑王前輩的實力，是本公司沒有更換技術總監的理由！」劉嘯重申道。

「既然是這樣，那不妨大家比試一場，誰的技術好，誰來坐這個位子！只是不知道你們現任的那位技術總監敢不敢和我比一場？」

王寒風倒也奇怪，反而賴著不走了，一定要進軟盟，還咬定技術總監一職不鬆口，大概是和劉嘯較上勁了。自己捨了老臉跑上門來，卻吃了閉門羹，估計是咽不下這口氣。

劉嘯也無奈了，笑道：「那這樣吧，只要你王前輩能看得上我這個營運總監的位子，這位子就是你的了！」

劉嘯巴不得把這個位子推出去，然後自己專心做個技術員，這些日子自己都快忙死了，累得跟狗似的，有好多事還需要自己做，可又得為公司的經營分心。

王寒風搖頭，「我就要技術總監這個位子！」

劉嘯徹底沒招了，他也不好意思直接就拒絕王寒風，畢竟王寒風是國內頂尖的駭客高手，影響力和號召力都非同凡響，自己要是把他得罪了，將來少不了有一串麻煩事，自己上次得罪邪劍，邪劍反手就陰了自己一把，這個教訓，劉嘯至今記憶深刻。

「我和他比！」劉嘯正為難著不知道該怎麼辦時，商越卻走了進來，直盯著王寒風，「我和你比！」

劉嘯忙道：「商越，不要胡鬧！」

「我不是胡鬧！」商越指著王寒風，「我和他比，只是為了證明，他根本不是西毒殺破狼！」

王寒風一直倨傲冰冷的臉，此時不由微微變色。

劉嘯傻在了那裏，真的西毒，誰都沒有見過，商越又是憑什麼說對方是假的，劉嘯按住商越，「這可不能亂說！」

「我敢這麼說，自然就有根據！」商越沒理會劉嘯，仍舊直視著王寒風，「怎麼樣？你敢不敢比試？」

王寒風冷笑兩聲，「有何不敢？你要怎麼比？」

「既然你自稱是西毒殺破狼，那我們就按照殺破狼的規矩比！」商越走到王寒風的跟前，一字一句道。

劉嘯被嚇了一跳，西毒殺破狼的規矩，圈裏人都是知道的，那是個純粹的凱文・米特尼克式的駭客，獨來獨往，一擊致命，他的攻擊目標，不是各國各政府的關鍵網路，就是世界級的大企業，而且從未失手，每次拿下目標後，就會留下一個狼頭標誌。即使是當年的中美駭客大戰，其他駭客紛紛使用國旗做為標誌時，西毒仍然使用自己的狼頭標記，表明對攻擊事件負責，但一直到他消失，也沒人知道他的真實身分！

如果按照西毒殺破狼的規矩，那就是再次挑選一個關鍵網路，兩人同時去攻擊，先攻下並且成功放置狼頭標誌者，才為勝利。

劉嘯對這個提議很不贊同，攻擊關鍵網路的風險非常大，一旦對方追究起來，麻煩無窮無盡，而且商越現在有正式職業，被發現的機會就更大，所以不等王寒風答覆，劉嘯就先道：「不行，我不同意！」又看著商越，「這事我早已經有了決定，你不要逞強！」

「好，就按照你說的辦！」王寒風卻笑了起來，對商越說道：「目標、時間由你定！」

「王前輩，我覺得這場比賽沒有任何的必要！」劉嘯看著王寒風，「即便是你贏了比賽，軟盟也不會更換商越技術總監的職位。」

「完全有必要！」王寒風還沒說什麼，商越反倒急了，「只有這樣，才能證明他不是西毒殺破狼！」

「看來我只有用實力來證明自己的身分了！」王寒風輕笑著，「現在不比都不行了！」

「哼……」商越冷哼一聲，瞥著對方，「希望比完之後，你還有膽說自己是西毒殺破狼！」

「多說無益，比完再說！」

王寒風攏了攏自己的長髮，讓劉嘯又抖出一身的雞皮疙瘩。

「中美駭客大戰中，殺破狼僅在一天的時間內，就駭了包括美國白宮在內的七個網站，這是他牛平最成功的一次戰績。那我們就以此為比賽基準，大家同時去攻擊這七個網站，誰能在最短時間內拿下這七個網站中的五個，並成功放置狼頭標誌，誰就贏！」商越道。

「我同意！」王寒風看著商越，「要是你輸了，那怎麼辦？」

「如果我輸了，我就當眾宣布自己是殺破狼，以前殺破狼所有攻擊行為的後果，全由我一個人承擔！」

商越此話一出，劉嘯人驚，商越肯定是瘋了，殺破狼雖然也是在國內五大駭客高手之列，但他和其他四個卻不一樣，其他四個人雖然也有絲毫不遜於西毒的戰績，但那只是大家彼此心知肚明的事，他們自己絕不會承認的，也沒給被對方留下什麼證據。而殺破狼卻不一樣，處處留下獨家標誌，生怕別人不知道，當年中美駭客大戰後，殺破狼一度佔據國際超級駭客通緝榜第一位長達數月之久，即便是殺破狼已經失蹤多年，可到現在為止，仍有不少人對殺破狼念念不忘呢，自己主動承認，一旦有人翻舊賬，那等於是把自己往槍口上送！

王寒風顯得稍微冷靜，道：「如果你贏了我，還能證明我不是西毒殺破狼本人，那殺破狼以前所有攻擊行為的後果，就由我承擔！」

兩人這是要押上身家性命啊，劉嘯不得不勸他們冷靜一些，道：「兩位不要衝動，就是要比試，也有很多種方法，真的犯不著這樣！」

劉嘯現在不敢勸兩人不要比，再勸下去，可能就得互簽生死狀了，還是讓兩人儘量採取溫和的方法吧。

「你輸了，只需承認自己不是西毒就行，你還不配來替西毒承擔責任！」商越說完，也是冷哼一聲。

一直不露出喜怒神色的王寒風此時終於有些生氣了，道：「等你贏了，再來說這話！」說完看著劉嘯，「三天後，我會再來這裏，告辭了！」言下之意，就是三天後，大家正式比賽，劉嘯就是公證人了。

「王前輩，王前輩！」劉嘯緊追兩步，想攔住王寒風，「王前輩，真的不必這樣，就算是要切磋，大家點到為止即可，犯不著這麼衝動。」

王寒風冷冷瞥了劉嘯一眼，轉身揚長而去，八成他連劉嘯一起恨上了，畢竟是劉嘯先拒絕了他的要求。

劉嘯也是一臉懊喪，關我什麼事啊，是你自己跑上門來的，軟盟現在的團隊很團結也很有潛力，總不能因為你是圈裏的前輩，就憑你一句話把這個團隊拆散吧。

劉嘯倒不是為自己拒絕王寒風而後悔，只是不願意得罪圈裏的前輩罷了，可現在呢，他倒是為沒攔住兩人這場比試而後悔。

回到會議室，商越還站在那裏，劉嘯道：「商越，你今天怎麼回事，我都已經拒絕了他的要求，你還和他賭這個氣，根本犯不著嘛！」

商越搖頭，「我不是因為這個生氣，而是因為他冒充西毒才生氣，他根本就不是西毒！」

劉嘯納悶了，「你怎麼知道他不是西毒？」

商越張嘴欲說，話到嘴邊又停住了，「算了，反正三天之後比完，你就知道了，你只要相信我就行了！」

「我當然相信你！」劉嘯撓著頭，「但你得讓我明白是怎麼回事吧！還有，我堅決不同意你和他去攻擊美國那幾個網站，風險太大了。」

「這事你不用操心了，是我和他之間的事！」商越說著，準備轉身，「他們還在會議室等著呢，我們繼續開會吧！」

「你給我站住！」劉嘯真的是發怒了，大喝道：

「還開個屁會！我告訴你，只要你還是軟盟的技術總監，那這事就不單單是你和他之間的事了！我最後再說一遍，我不同意你和他的這場比試，我不管你是憑什麼認定他不是西毒，我也不管他是不是真的西毒，這些都和我無關，我要做的，就是不讓自己公司最優秀的技術總監去做這種不冷靜且毫無意義的比試！」

商越大概是第一次見劉嘯發這麼大的火，平時在公司整天都是笑咪咪的劉嘯，總是在公司最困難的時候給所有人信心，就連門口的接待美眉都敢和劉嘯開玩笑，可現在，他是真的發火了。

商越愣了片刻，道：「我是不冷靜，但我必須證明他不是西毒，這對我有意義！」

劉嘯看商越的表情，就知道她是認真的，商越外表柔弱，但內心卻是非常執著，這點劉嘯非常清楚，所以他又氣又急，在屋子裏踱了兩圈，道：「好，我同意你和他比試，而且我也不過問你為什麼要這麼做。但有一點，你們比賽的方式，必須由我決定。三天後，我會和王寒風說清楚的！」

商越看著劉嘯，欲言欲止。

劉嘯又火了，「如果你心裏還有軟盟，那你就按照我說的做！如果你一點都不在乎軟盟，那你現在就走，你再做任何事情，我都不會過問！」

商越沒說話，站在那裏！

劉嘯知道商越在猶豫，便不再給她思考的機會，道：「還愣著幹什麼，開會！」說完，便自己先走了。

人往往就是這麼奇怪，你猶豫不決的時候，往往就容易遷就別人的決定，商越原地愣了幾秒，最後一咬牙，跟在劉嘯後面朝會議室去了。

劉嘯站在會議室門口，看見商越跟過來，不由鬆了口氣，等她再近幾步，劉嘯道：「進去吧！」說完，便準備推開大會議室的門。

此時商越卻盯著劉嘯，「那人不是西毒！」

舊話重提，劉嘯便有些不耐，準備打斷商越的話，誰知商越的聲音繼續傳來，很低，但非常堅定，「因為西毒是女的！」

劉嘯大驚之下，推會議室門的手就落了個空，整個人差點撞到門上去。

誰能想到西毒是女的啊，他可以說是國內五大高手裏最強勢的一位了，其他四位高手都是堂堂七尺男子，尚且是敢做不敢當，而殺破狼卻每次攻擊後，都很高調地留下自己的獨家印記。獨來獨往，高調霸道，從西毒的這些行為上，根本看不出有一絲一毫女人的痕跡。所以劉嘯非常吃驚，非常意外，回過身來看著商越，他以為是自己聽錯了，或者商越在賭氣開玩笑。

「她是我姐姐！」商越一字一句道。

這下劉嘯聽清楚了，可他還是覺得不可思議，這怎麼可能呢？劉嘯是不知道西毒到底長什麼樣，但他對自己的偶像，在腦海裏有個很清晰的描繪，他認為西毒應該是位非常瀟灑愜意的人，舉手投足之間甚至應該有那種行雲流水、飄然若仙的感覺，否則是做不出那樣率意的事情的。可商越的話一下把劉嘯腦海裏的這種設想徹底推翻了，劉嘯一時之間很難把兩者銜接到一起，所以有些不敢相信。

「我說的是真的！」商越看著劉嘯，「信不信由你！」

劉嘯使勁抓了自己一把，才讓自己相信這是真的，說實話，他現在確實非常想知道這到底是怎麼回事，他想讓商越告訴自己一切，但他剛才已經說了不再過問的話，現在只好強忍住自己的好奇，「我相信你！開會吧！」

說完，劉嘯一回頭，結結實實地撞在了會議室的門上，他忘了推開門鎖。商越趕緊伸手扭開門鎖，劉嘯才摸著自己的腦門走了進去。

第二章 瞬間攻破技術

這太可怕了，商越用的技術，就是目前非常流行的瞬間攻破技術。一般的溢出攻擊需要被攻擊的伺服器重啟後，才能取得許可權，而商越的攻擊手法則不用這個麻煩的過程，讓攻擊的隱蔽性大大增強。

今天的事，實在是過於玄奇，讓劉嘯有些心神不寧。先是傳說中的人物出現，劉嘯激動地跑過去看，發現和自己想像中的有所不同，本來就有些失望，結果又殺出個商越來，一口咬定對方不是真的西毒。

為了證明這點，她竟然要和對方押上今後的前途，這已夠讓劉嘯意外和吃驚的了，但遠沒有商越那句「西毒是女的」對劉嘯造成的衝擊更大。

接下來的會，兩人就開得有些稀裏糊塗，好在除了劉嘯和商越心不在焉外，其他幾位主管都在狀況內，他們雖然不太相信劉嘯那天馬行空式的判斷，但覺得未雨綢繆也沒有錯，因此按照劉嘯說的，討論出了一些解決辦法。

會後，軟盟立即公布了決定事項，並且通知之前所有下過訂單和曾有過訂購意向的客戶，在軟盟未來交付的產品中，將含有特殊設計的序號和識別碼，這些號碼內建了各批次產品的一些關鍵資訊，包括產品的生產日期、客戶編號、用途以及銷售地。

這些資訊軟盟將會進行備案，並且作為企業機密妥善保存，在日後的更新和維護中，軟盟會憑此判斷產品是否在服務範圍內，對於號碼和實際不符的產品，軟盟將保留追究權利，並且不會提供更新、維修等事先約定好的服務項目。

第二天，軟盟就收到了來自各個客戶的回應，除了海城、封明、斯捷科這幾個訂單外，其他的客戶都對軟盟這個突然決定表示不滿，發來的信函中雖然沒有直接提到退訂，但言詞之間，卻讓軟盟感受到這種威脅，一副你不改變決定，我們就不訂或者退訂的架勢，特別是那幾個表示過退訂意向的海外訂單，措詞更為激烈。

不過，軟盟既然確定要把這個決定執行到底，自然就不會在意這些不滿的聲浪，業務主管把昨天的通知原封不動地又給對方回覆了一次，就是要告訴對方，我們不會再做更改，也不會解釋了，要退訂就來吧！

劉嘯坐在辦公室不久，就接到黃星的電話，他也是因為這個才打電話來的。

「劉嘯，你在搞什麼，怎麼突然又弄這麼一齣？」黃星的語氣有點急。

劉嘯似乎早知道黃星會打電話來，笑道：「你這幾天有空嗎？來一趟海城吧，我有件事要請你幫忙吶！」

黃星大汗，道：「你先說那個公告到底是怎麼回事？」

「放心吧，那不是針對你們的！」劉嘯說，「你們的產品不在限制之列。」

劉嘯也猜到黃星有別的用途，安全改造是個很慢的過程，即便是網監的網路有這麼大量，也得分好幾次完成，一次十萬套，肯定是別的什麼部門把訂單加在了網監的單子裏。

黃星這下鬆了口氣，「那你們這是要幹什麼？」

「等你來海城，我再慢慢跟你說！」劉嘯還是沒回答這個問題。

「我剛從海城回來，你又要我過去，到底什麼事啊，電話裏不能說嗎？」黃星皺眉說道，職責所限，不是他自己想去哪就能去哪兒的。

「電話裏說了不管用！」劉嘯解釋道，「得你自己親眼見到才行！」

「哦？」黃星有些納悶，「要看什麼？」

「西毒殺破狼！」劉嘯說道。

電話中，黃星愣了好幾秒，然後道：「好，我這就立刻申請，什麼時候？」

「明天！」劉嘯說，「明天你過來，我還有事情要請你幫忙！」

「行，我明天到海城之後給你電話！」黃星就掛了電話，大概是趕緊申請行程去了。

昨天會開得稀裏糊塗，劉嘯還有好多想法沒在會議上和大家商量，今天想起來，就有些著急，掛了電話，匆匆到了業務部，找到業務主管，道：「你現在再聯繫幾個媒體，就說咱們產品在國內價格將要大漲，然後再把對國內政府的報價漲一萬！」

「漲？」業務主管瞪大了眼看著劉嘯，「在這節骨眼上不好吧，一漲價，搞不好他們就真的要退訂了！」

「沒事！」劉嘯一擺手，「這本來就是看你怎麼去解釋，你可以說漲價之後，對方開支增大，或許就不會訂咱們的產品了；但如果你知道一件商品可能會大漲，以後購入的成本會更大，你會怎麼辦？」

「這倒也是！」業務主管點頭，「如果他們真要是打算買的話，聽到這個消息，肯定就買了！」

「呵呵！」劉嘯笑說，「我就是要逼他們儘快做出決定，也好讓國內市場安靜下來，再這麼糾纏下去，咱們就太被動了！我們之前制定的策略是先內而外，但現在看來，國外市場的需求意願是強於國內的，而且這種意願非常地明顯。咱們正好借此試探一下國內這些買家的真實意願，如果他們並沒有很強烈的購買意願，我們就得改變策略，開始在國外市場發力，機會可能就這麼一次，一旦錯過，我們就得重新來過了！」

「是啊！」業務主管同意劉嘯的觀點，對方費盡心思，玩出各種花樣想低價拿到軟盟的產品，可見他們的需求是多麼強烈，「國內市場的需求意願目前還是不明顯，這和我們之前的預估有不少的差距，可能跟國內安全市場的不成熟有關。」

「嗯！」劉嘯沉思道，「我們當初定的策略並沒有什麼問題，只是在對市場的預測上有些過於主觀和樂觀了！」

「我知道了，我現在就去辦！」業務主管點著頭，「其實咱們早該使點手段了，以前，軟盟的高端防火牆，性能上根本不能和策略級產品相比，但每台的定價都在三十萬以上。再看看現在，咱們可以說是已經在賠本賣口碑了，他們意見還那麼多！」

「沒關係，心態放平點，做生意就是這樣！行，你忙吧！」劉嘯說完，搖著頭走了出去，又回到實驗室繼續忙自己的擂臺設計去了。

劉嘯這招還真的管用，消息放出去之後，有好幾個曾有意願的客戶都放棄了訂購，剩下的幾個雖然沒說放棄，卻對軟盟售後和更新維護上的限制很不滿，還在糾結著。

這麼一看，國內市場的需求意願一下就變得很明顯了，這些大客戶並不是非要進行安全改造不可，他們中的一部分可能是看別人訂了，出於好奇，過來接觸一下，價格一高，就跑走了；另外一些則完全是抱著撿便宜的心態來的，他們更多的是受了海外市場的慫恿罷了。

讓劉嘯奇怪的是，幾乎所有的海外訂單都退訂了，斯捷科公司卻沒有退單的意思，反而一直催促著軟盟，要求儘快交貨。

劉嘯也想快點交貨拿錢，只是華維因為剛剛接手硬體部分的生產，從設計到實際的投產，還需要一點時間，所以暫時還交不了貨。

斯捷科公司的表現，倒讓劉嘯有點吃不準了，這是表示他們和那幾家公司不是一夥的，還是他們真的需要這批貨呢？

劉嘯又跑去找到了業務主管，「你幫我聯繫一下斯捷科公司，說我有事和他們談！」

「怎麼了？」業務主管有點緊張，劉嘯不會是看斯捷科沒退單，非要讓斯捷科也退單才肯甘休吧，這可是幾億美金的交易啊，業務主管可不想失去。

「我想試探一下他們的態度！」劉嘯捏著下巴，「我覺得這可能是我們出擊海外市場的一個突破口！」

「哦……」業務主管鬆了口氣，「好，我馬上去聯繫，你準備安排在什麼時候？」

劉嘯一皺眉，「如果他們今天有空，就今天過來；今天沒空，就讓他們後天過來！」

「好，我知道了！」業務主管答應下來。

從業務部出來，劉嘯就碰見了黃星。黃星沒打電話，一到海城，就立刻殺了過來。

「西毒呢？」黃星看著劉嘯。他來海城，就是為這個而來的，和自己齊名的高手中，也只有西毒，自己卻不識他的真面目。

「別急啊！」劉嘯笑著，「走，我們到辦公室慢慢談！」

「你這是搞什麼名堂嘛！」黃星很不爽，被劉嘯推著進了辦公室，一坐下就抱怨道：「對了，我聽說你們產品報價漲了？」

「嗯！」劉嘯點著頭，又去給黃星倒水，「國內市場的需求沒有我們想像中那麼旺盛，所以這兩天還會再漲，應該會漲到三十萬以上的價格。」劉嘯一回身，看見黃星很驚訝，就道：「不過你放心，你就是再要更多的貨，也是四萬這個價！」

黃星搖頭接過水杯，「你們真能折騰，我算是服了！」

「其中的緣由一時半會兒說不清楚，我慢慢給你解釋！」劉嘯笑說，「不過有件事得先請你幫忙！」

黃星笑說：「說吧，什麼事，難得見你求人。」

「你們網監有什麼部門要做安全檢測的？」劉嘯看著黃星，「我需要做安全檢測的授權！」

「哦？」黃星有點意外，盯著劉嘯，「你們應該不缺這樣的客戶吧，再說，你要這個授權幹什麼？」

「不是我要，是西毒要的！」劉嘯說，「我們手裏客戶的安全標準都很低，你們的會高一些，能檢測出水準來！西毒要給你們做免費的安全檢測，你們應該不會虧吧？」

「如果僅僅是做安全檢測的話，那我們肯定歡迎！」黃星看著劉嘯，「你沒有誆我？」

「我以前有誆過你嗎？」劉嘯看著黃星，無奈聳肩道。

「我和總部協調一下，應該沒有問題，但你得保證我能見到西毒。還有，趕緊給我說清楚這到底是怎麼回事！」黃星被劉嘯這虛虛實實的手法給弄得有些發昏了。

「我這不正要跟你說嘛！」劉嘯笑著，趕緊把事情的經過簡單說了一遍。

王寒風果然按時赴約，依然是一身白衣，只是這次多了一個白色的提包，這次是要在技術上賽出高低，所以他帶著自己趁手的傢什過來。

劉嘯早已囑咐過接待美眉了，所以王寒風一露面，她就帶著王寒風去劉嘯的辦公室。

「王前輩！」劉嘯立刻起身迎接，「快請坐！」

「不坐了！」王寒風還是那麼冷冰冰，「我是來赴賭約的，你們的技術總監呢？」

「不急不急！」劉嘯笑說，「公證人還沒來呢，等公證人一來，咱們就開始比試！」

王寒風有些意外，「什麼公證人？」

「王前輩肯定也認識的，一會兒他來了你就知道了！」劉嘯看了看表，「應該就快到了，王前輩先坐下休息一會！」

話音剛落，辦公室的門就被推開了，黃星人還沒進來，就先叫道：「劉嘯，你說的西毒到底在哪兒？我怎麼沒看見西毒，倒是看見北丐了，你不會連這個都搞錯了吧！哈哈！」

黃星笑道，景程跟在他後面也走了進來。

「你以為我很願意看見你嗎？我也是被劉嘯抓來的，呵呵！」景程的臉上淡淡的微笑，顯然是和黃星在開著玩笑，兩位齊名的人物意外見面，心裏還是非常高興的。

「我給你們介紹一下！」劉嘯指著身旁的王寒風，道：「這位是王寒風先生，也就是大名鼎鼎的西毒殺破狼！」劉嘯說完看著王寒風，笑道：「這兩位就不用我再多作介紹了吧，王前輩你肯定都認識，中神通黃星，北丐獨孤寒！」

黃星和景程兩人都有些意外，估計他們現在看到王寒風的感受，並不比劉嘯之前好多少。

而王寒風卻是被打了一個措手不及，一向冷酷的臉上頓時有些意外的慌亂，他沒有想到劉嘯請來的公證人會是這兩人。

「王兄一向神龍見首不見尾，今日能夠看見你的真面目，也算是了了我的一樁心願吶！」景程第一個反應過來，朝王寒風伸出手，「我對王兄真的是佩服得很，相見恨晚，相見恨晚！」

黃星也回過神來，「是啊，蒙圈裏人抬愛，送了咱們幾人一個齊名的美稱，其他三人，我早都見過了，只有王兄一直是形跡深藏，這也是多年來我心裏的一個小小遺憾，今天見到你，我可就再沒什麼遺憾了。哈哈！」

王寒風和兩人一一握手，道：「我對兩位也是仰慕已久！」他的臉上也難得泛出了一絲淡淡笑意。

劉嘯將王寒風的一連串表情變化都看在眼裏，心裏其實已經有了一個大概的判斷，只是他不露聲色，道：「都快請坐吧！我這也沒什麼好招待的！」

黃星一擺手，率先坐了下去，「要什麼招待，今天你能讓我們幾個見面，已經是最好的招待了！」黃星說完示意那兩人也坐。

等王寒風坐下，黃星就看著王寒風，「這兩年王兄都忙些什麼？如果我沒記錯的話，你最後一次在網路露面，還是在兩年多前吧！」

「噢！」王寒風應了一聲，「你們不都和我一樣嗎？我記得你是三年多前就進入了網監，而景程先生好像一直都是在國外定居，在一所學校教中文，直到半年前才接受華維的邀請，重新出山！」

景程有些訝異，因為他也一直很低調，加上不在國內，所以知道他行蹤的人，並不比知道西毒行蹤的人多幾個，這個王寒風竟然對自己多年來的行蹤瞭若指掌，真不愧是西毒啊，厲害！景程對這個王寒風不禁起了幾分佩服。

黃星卻是笑道：「王兄當年可真是下狠手吶，我前腳剛進網監，你後腳就把網監的網路弄得天翻地覆，當時我差點就混不下去了呢！」

王寒風表情依舊不變，沒有笑意，也看不出什麼歉意，只是道：「當時年輕氣盛，做事衝動！」

劉嘯和景程十分訝異，沒想到西毒和中神通之前還曾交過手，而且是西毒大勝，這個消息，倒是今天才第一次聽說。

「說笑而已！」黃星擺著手，「其實我還要感謝你呢，要不是當年你攻擊網監網路的話，也就沒有我表現的機會，在那場比試中，我們兩人都在網監系統裏出了名。事後我們的領導還曾親口對我說，要感謝你，否則就沒有網監安全方面的加固完善。當時我們還曾尋找了你一段時間，可惜啊，你的ＩＰ技術太好了，我們到最後也沒能找到你。」

王寒風搖頭，「慚愧慚愧，過獎過獎！」

黃星不由有些鬱悶，自己這半天說得這麼熱鬧，可西毒卻是一副不冷不熱的樣子，頗有點熱臉貼冷屁股的意思，搞得自己都不知道該說什麼了。

黃星無奈，咳了兩聲，看著劉嘯，「劉嘯，你昨天說讓我準備的東西，我都給你準備好了！」說著，從自己的公事包拿出一份文件，遞給劉嘯，「這是授權書，上面有授權給你們的伺服器位址！」

「太好了！」劉嘯接過來看了一眼，順手放在了自己的辦公桌上。

黃星覺得奇怪，問道：「你不是說這是王兄要用的嗎，怎麼不讓王兄看看？」

「是！」劉嘯點點頭笑道：「一會兒才用！」

黃星無奈地搖頭，不知道劉嘯這是搞什麼鬼，轉過頭，準備和景程聊一下。

此時王寒風卻問道：「什麼授權書？」他臉上有一絲疑惑，好像自己並沒有要什麼授權書啊！

這下黃星就納悶了，「我聽劉嘯說，你要對我們網監的伺服器做一次安全測試，所以拿了授權書來。怎麼，沒有這事？」

「其實是這麼回事！」劉嘯不得不解釋了，「我們公司有位員工，她對王前輩這個西毒的身分有所懷疑，於是王前輩和她商議好，要採用比賽的方式，來證明自己的身分。」劉嘯笑著，「本來王前輩是要模擬當年中美駭客大戰中的戰績，但我覺得沒有必要去冒那個險，於是就自作主張，向你要了這個授權，大家就當是個切磋，免傷和氣嘛！」

黃星「哦」了一聲，原來是這麼回事，他也勸著王寒風，笑道：

「王兄還和當年一樣嘛，還是那麼愛衝動。你一下消失這麼些年，現在突然冒出來，一些年輕人難免會有所懷疑的，這很正常，沒必要太較真，真的假不了，假的真不了，我覺得劉嘯這個想法很好。」

景程也在一旁點頭，「不錯，不應該太冒險！」

劉嘯繼續說道：「我今天一定要請黃星大哥和景程大哥過來，就是希望你兩位給王前輩做個公證人，否則就算是比完了，我的員工要是還不服氣，硬說王前輩不是西毒，那我也拿他沒辦法！」

「好，我很願意做這個公證人！」黃星看了一眼景程，景程也是點頭，看來並不反對當這個公證人，這兩人估計也是想弄清楚王寒風到底是不是西毒殺破狼，因為他們也確實沒有見過西毒。

王寒風沒想到會冒出這麼個變化，心裏似乎沒做好準備，於是表示了反對，「如果你們的那個技術總監害怕了，那就按照那天的約定，去承擔後果便是，何必搞這麼一套！」

劉嘯笑道，「這次比試的目的，是為了證實王前輩的身分，這個才是重點！你是前輩，而商越只是個晚輩，如果就因為她對前輩的身分有所質疑，人家就賭上一切，非要置對方於死地不可，傳出去的話，對前輩的聲名也會有所影響。不是嗎？」

「對！」景程點頭，看向王寒風，「何必和一個晚輩較真呢，差不多就得了！」

劉嘯又道：「前輩可以放心，雖然換了測試目標，但這次的比試仍舊非常公平，因為這是我自己私自決定的，商越到現在也並不知道更換目標的事。就是黃星大哥，事先也不知道我找他要授權是幹什麼用的！」

劉嘯起身拿起那份授權書，遞到王寒風跟前，道：「前輩請看，這份授權書上一共有三十個目標，一會兒由你來指定九個目標，誰先拿下其中五個，就是獲勝！」

劉嘯把改變兩人事先約定的責任全攬到了自己身上，而這樣做，可以說是非常公平了。

三人都看著王寒風，看他是個什麼態度。

王寒風沒說話，坐在那裏想了好一會兒才道：「既然有中神通和北丐這樣的高手來做公證人，我相信這場比試是非常公平的。我不會挑目標的，還是由公證人來挑吧，就按你說的，誰先拿下五個，就是獲勝，輸的一方要兌現承諾！」

「好！」劉嘯一拍大腿，「那就這麼定了，我現在去通知商越做準備，一會兒比試就在公司的活動室進行！」

劉嘯說完，起身出了辦公室。

幾分鐘後，眾人在活動室碰頭。活動室中間的乒乓球台被當作了電腦操作臺，商越和王寒風各自佔據一邊，兩人都帶來了自己常用的筆記型電腦，劉嘯讓人拿來網路線，給兩人接下，然後由黃星和景程對兩人的電腦進行網路連結測試。

半分鐘後，黃星和景程都點了點頭，示意網路連結沒有問題，網速也沒有問題。

劉嘯本來想低調處理此事的，可不知道誰跑出去漏了風，聽說商越要和大名鼎鼎的西毒殺破狼比試高低，公司的員工紛紛扔掉手裏的工作跑過來觀戰。

他們都很興奮，一是想目睹一下傳說中絕頂駭客的風采，一是為商越站腳助威來了，他們心裏還是希望商越能贏，畢竟這是自己人。可惜活動室就這麼大，只能擠進少數人，腳快的人就占了個便宜，那些沒擠進來的，就圍在外面等結果。

黃星拿起那份授權書，道：「如果你們沒有什麼異議的話，我現在就開始挑選攻擊目標了！」

黃星看著兩人，只見商越和王寒風都搖了搖頭，表示沒有異議。

「那好！」黃星頷首道，「一會兒我會把挑中的ＩＰ位址寫在我身後的大提示板上，請你們各自記錄下來，等我宣布開始後，你們就可以開始了！流程都清楚了吧？」

兩人又點頭。

黃星和景程一商議，從單子上各自指定了幾個ＩＰ位址，湊夠九個數，便開始往大提示板上摘錄，寫完後，黃星看著兩人，「你們現在可以先把這些ＩＰ位址記錄下來，然後和提示板的核對一下！」

兩人各自飛快將ＩＰ位址記錄了下來，核對無誤後，就示意可以開始了。

「好，我宣布，比賽正式開始！」黃星發出了開始的指令。

兩人在這一瞬間，各自運行了掃描軟體，對這九台伺服器開始了掃描探測工作，黃星和景程則各自守著一人，監督全程比賽。

活動室裏，眾人都屏住了呼吸，靜靜觀戰。

商越和王寒風此時都沒動，兩人在等著掃描的結果出來，王寒風使用的好像是他自己特製的掃描工具，因為大家都沒見過；而商越使用的則是一款非常常見的掃描工具，這讓在場的軟盟員工不禁為她捏了一把汗。

幾分鐘之後，令人意外的結果出現了，率先完成掃描探測工作的，反倒是商越的那款常見的掃描工具，估計她之所以會選擇使用這款工具，也是看中了它的穩定性和執行效率吧。

可惜的是，並沒有得到什麼十拿九穩的可利用資訊，幾個伺服器都非常安全，除了有一個伺服器打開了一個奇怪的埠，其他伺服器都是只打開了一個固定埠，這個埠是網監用作內部加密通訊的埠，並沒有什麼利用的價值，而且發現什麼已知的漏洞，這說明網監平時的安全工作還是很到位的。

黃星不禁鬆了口氣，至少目前為止，網監伺服器的表現還算令自己滿意，也不枉自己平時天天強調自身網路的安全建設，接下來能否攻破伺服器，就得看這兩人自己的本事了。

商越運行了另外一個工具，輸入那個打開了兩個埠的ＩＰ，而且填上那個奇怪的埠號，然後向這個埠發去了一個資料，數秒之後，回傳一些提示，商越一看之下，便飛快從自己的檔案夾找到一個檔案打開，裏面是一段代碼。

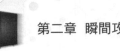

只見商越把這段代碼複製到自己剛才的工具裏，然後把這些代碼全部給那個埠發送了過去，幾秒鐘之後，工具的提示框裏回傳了一個「執行成功！」的提示。

商越一揑拳，趕緊發出一個探測訊息，發現對方的伺服器已經打開了一個等待連結的埠，商越快速調出遠端連結工具，輸入ＩＰ和這個剛剛打開的埠，幾秒鐘之後，她就進入了那台伺服器之內，返回的資料顯示她已經得到了這台伺服器的最高許可權。

「好！」在場的軟盟員工開始歡呼，這第一場，顯然是商越贏了。

黃星站在商越的背後，臉上就有些尷尬，沒想到自己平時認為挺安全的伺服器，竟然沒能在商越的手底下挺過一分鐘。

這太可怕了，商越用的技術，就是目前非常流行的瞬間攻破技術。以前的溢出攻擊也算是瞬間攻擊，但一般的溢出攻擊需要被攻擊的伺服器重新啟動後，才能取得許可權，而商越的攻擊手法則不用這個麻煩的過程，讓攻擊的隱蔽性大大增強。

至於那個奇怪的埠，黃星是知道它的用途的，那是網監自己開發的一款工具，用於搜尋網路中不正常的資料來源，這本來是網監用來探測和監控不明攻擊來源的，現在可好，非但沒檢測到駭客，反倒被駭客利用這個埠把網監的伺服器給駭掉了。

黃星一方面是尷尬，另一方面就是後脊背發涼，看商越的手法，應該是她早就知道了這個埠的作用，而且研究了很久，攻擊所用的代碼竟然是早都準備好的，看來網監的監控技術，根本就沒有對這些超級駭客產生任何作用。

此時王寒風也完成了掃描探測工具，他的工具雖然得到的資訊比較多一點，但也和商越差不多，基本都用不上，而他也發現那個多餘的埠，想也不想，直接就拉出一個現成的工具發起攻擊，數秒後，王寒風也進入了那台伺服器。

景程舉手，示意王寒風完成了第一台伺服器的攻擊。

劉嘯就在大提示板上寫下了兩人拿下第一台伺服器所用的時間，商越比王寒風只快了僅僅一分鐘而已。

在第一台伺服器上，兩人的攻擊手法是一致的，他們都選擇了網監的那個監測埠作為突破，但接下來，兩人的攻擊手法就完全不同了。

王寒風在拿到第一台伺服器的許可權後，就飛快切斷了連結，開始了對其他伺服器的進一步判斷和分析，而商越卻沒有退出那台伺服器，而是利用那台伺服器，從網監內部網的角度去探測剩下那八台伺服器。

劉嘯此時卻是看傻了眼，因為他發現了王寒風那長指甲的真正用途。王寒風甚至不用去移動手掌，就可以利用他那長長的指甲觸擊鍵盤上行的所有按鍵，而且劉嘯發現，王寒風在使用左手按鍵的時候，右手就去移動滑鼠，而使用右手按鍵的時候，左手就放置在鍵盤的外側，也就是說，他從來都不會去用兩手同時按鍵。

「難道這就是傳說中的雙控高手？」劉嘯心裏暗暗吃驚。有的駭客高手，可以同時去操作兩台電腦，甚至更多，這樣可以同時發起多批次攻擊，從而對被攻擊目標製造混亂，讓對方無法判斷出真正的攻擊來源，或者是對目標進行多批次打擊，放大攻擊威力。

眼前王寒風的這些動作細節，就表明他平時應該一直都是在進行多鍵盤的同時操作，否則絕不會表現出這種狀態。

劉嘯低頭看了看自己的手，其實他一直很想練出那種「左右開攻，一心兩用」的絕技，不為攻擊，只為提高自己的工作效率，可惜沒練成功，因為他一旦投入工作，就會變得非常專注，根本無法讓兩隻手去做不同的事。

劉嘯皺著眉，心裏暗暗問道：「難道要留上長指甲才能練成，那自己要不要試一試呢？」

就在劉嘯愣神的工夫，兩人的比試發生了變化，景程再次舉手，示意王寒風已經拿下了第二台伺服器的許可權。

劉嘯只好先按捺住自己的胡思亂想，轉身在提示板上記下王寒風拿下第二台伺服器的時間，這距離他拿下第一台伺服器，時間僅僅過去了三分鐘多一點，足見王寒風的實力不俗。

全場人都盯著黃星，期待著他的第二次舉手！時間再過去五分鐘，大家始終沒有看到黃星舉手，而此時景程卻第三次舉手，王寒風拿下了第三台伺服器的許可權。

這下軟盟的人都急了，怎麼回事，難道這就是傳說中絕頂高手殺破狼的恐怖實力嗎，竟然可以在這麼短時間內拿下網監的三台伺服器，剛開始還對商越抱有極大希望的人，現在不禁有些喪氣了，看來高手就是高手，不是那麼容易就能打敗的！

那些站在活動室外的人，顯得更著急，從前面傳來王寒風三比一領先的消息後，這些人就在外面開始喊著，「商總加油！軟盟加油！」的口號！

劉嘯把王寒風第三次所用的時間記在提示板上，不禁有些不解，按說王寒風能如此輕易就拿下三台伺服器，那商越也不至於會差到哪裡，怎麼半天都沒有動靜啊，王寒風這邊劈哩啪啦敲個不停，而商越那兒卻是隔上好長時間才會啪啪幾下，然後又轉入沉寂。

劉嘯有些站不住了，商越可不能輸啊，輸了就得去替殺破狼承擔責任，自己可不想失去這麼一個好助手，劉嘯就踅到了商越的背後，想看看她到底在幹什麼，為什麼第一把還勢如破竹的她，現在竟是一點進展都沒有。

就見商越還守在那第一台伺服器上，她上傳了兩個工具，對剩下那幾個ＩＰ不斷地發送奇怪的資料，劉嘯看了一眼，雖然看不太明白，也大概知道那些資料是帶有欺騙性質的。

劉嘯不確定商越是要幹什麼，但估計她是想利用那台伺服器的身分做文章，想套取其他伺服器的信任連結，或者得到什麼有用的資訊。

劉嘯不禁皺眉，商越選擇錯了戰術啊，欺騙是個必須非常有耐心和細心的技術，是慢工細活，這辦法用在平時沒什麼錯，但現在是在和別人比賽，比的是誰能更快一些，一旦欺騙失手，連個翻盤的機會都沒有。劉嘯一想到這裏，急得手心裏都出汗了。

而更壞的消息就在此時出現，景程再次舉手，示意王寒風又拿下了第四台伺服器，距離勝利只有一步之遙！

「唉！」全場的人都發出了嘆息，看來這場比試已經沒有什麼懸念了，王寒風不愧是西毒殺破狼，實力遠在商越之上。活動室外那些喊加油的聲音就弱了下去，一些人已經回到自己的工作崗位去，實在是不忍再看下去了。

第三章　魔狼戰團

在場的很多人根本都沒聽說過魔狼戰團，要不是看過踏雪無痕提供的資料，劉嘯現在估計也不可能知道魔狼戰團這個名字。現在黃星這麼一提，劉嘯突然想了起來，如果他不是白衣公子，怎麼會老是一身白衣呢。

劉嘯把王寒風拿下第四台伺服器的成績往提示板上一寫，就很鬱悶地站在那裏，他不得不開始思考應對之策了，看看有什麼辦法，可以讓商越和王寒風都忘記之前的賭約，有結果就行了，管他是不是真的西毒，只要不追究之前的約定就行！

劉嘯左右來回瞥著商越和王寒風，兩人看樣子都是倔強的人，似乎沒那麼好打發，劉嘯此時心裏就有些亂了，他很後悔，當時無論如何都不應該讓兩人去打這個賭，可現在一切都太晚了。

這邊正焦慮著呢，突然一陣歡呼傳來，劉嘯一看，就見黃星此時舉起了胳膊。

劉嘯轉身準備把時間登記下來，商越此時大概是改變了戰術，不過似乎有點晚了，劉嘯心裏嘆著氣。

此時就聽黃星道：「勝負已定，商越拿下全部的九台目標伺服器。」

「不可能！」

劉嘯還沒反應過來，王寒風就站了起來，他看著那邊已經站起來在活動手腕的商越，一臉憤憤，這怎麼可能啊，對方剛才還只是拿下一台伺服器而已，怎麼會突然之間拿下所有的伺服器呢！

黃星也很無奈，道：「王兄可以過來親自檢查，所有的操作記錄都在。她利用第一台伺服器的身分，不斷地欺騙剩下的所有伺服器，並得到了這幾台伺服器用作網監內部通訊的資料頭檔，然後又利用一個工具偽造了假的通訊資料，因為頭檔檢測通過，她發過去的命令被執行了，這樣就順利得到所有伺服器的進入許可權！」

這場比試，與其說王寒風是敗者，倒不如說是網監只不過是十來分鐘的時間，就被人徹底拿下了。現在商越甚至通過偽造資料，拿到網監所有通訊伺服器的進入許可權，雖然她不可能將網監的通訊資料解密出來，但卻可以進出自如，得到網監的秘密只不過是遲早的事。

「我要求鑒別殺破狼標誌！」商越此時停止了活動，然後盯著王寒風，「讓大家知道，誰才是真正的殺破狼！」

沒等王寒風回應，軟盟的眾員工已經開始歡呼了，「耶！贏了！」

整個軟盟頓時沸騰了，這種從地獄再次回到天堂的感覺，真的是很爽啊！

軟盟的員工只知道商越是在和威震江湖的殺破狼比試，卻並不知道還有真假西毒這一說，所以還沒怎麼高興，一些回過味來的員工靜了下來便很納悶，這鑑定殺破狼標誌是怎麼回事？

剛才的擔心，讓劉嘯過於緊張，此時商越突然逆轉勝，讓他非常欣喜，他才不管王寒風是不是西毒，只要商越贏了就行，所以道：「點到為止就行了，誰是殺破狼都沒有關係，我倒希望大家都是殺破狼！」

「不行！」商越顯得很堅決，「他沒有資格冒充殺破狼，他必須為此道歉！」

王寒風輸了比試，意外之餘便有些生氣，他怎麼也沒有想到自己會輸給一個晚輩，雖然臉上已經慢慢平靜了，其實心裏卻是堵了一口氣，於是道：「好，鑑定就鑑定，我倒要看看你怎麼鑑定我不是西毒！」

說罷，他負手往旁邊一站，看著兩位公證人，「你們鑑定吧！」

景程便有些尷尬，笑著：「這個……，其實我對殺破狼的標誌沒有什麼研究，這個鑑定的工作怕是做不了，黃星，你呢？」景程看著黃星。

黃星皺著眉，道：「我們網監和殺破狼多次交手，對他的殺破狼標誌倒是有一些研究！」

景程笑著一伸手，「那就由你來鑑定吧！」

黃星點了點頭，然後看著兩人，「你們最後確認一下吧，看看是否有這個必要！」

商越這一逆轉，黃星此時已經大概判斷出了王寒風並不是真正的殺破狼，因為商越今日攻破網監伺服器的手段，和多年前殺破狼的手段非常相似，而商越又一口咬定王寒風不是西毒，那就是說，商越很有可能是認識西毒的，兩人還應該很熟悉才對。所以再做這個鑑定，就沒有什麼必要了，因為王寒風已經輸了比試，公開場合輸給了一個小輩，就算他現在嘴硬，怕是以後也沒臉再拿出「西毒殺破狼」的名頭了。

誰知兩人的態度都很堅決，並沒有退一步的意思。

黃星只好無奈搖頭，「那你們商量一下，看先鑑定誰的吧！」

王寒風一伸手，示意先鑑定自己的，雖然輸了，他還是保持著作為前輩的風範，而商越也沒表示反對，她給了王寒風一個先證明自己的機會。

黃星便走到王寒風的電腦前，按照王寒風的操作，連結上了他拿下的那四台伺服器，並且得到了王寒風放置的那四個殺破狼標誌。王寒風把四個標誌複製了下來，做了一個對比，然後直起身來，沒有作聲，而是直接走到了商越的電腦前。

同樣的方法，黃星拿到了商越放置的那九個殺破狼標誌，放在一起一對比，黃星竟是非常驚奇地「咦」了一聲，然後把目光投向商越，以一種奇怪的目光打量著商越。

現場的軟盟員工一下子把心提到了嗓子眼，不知道黃星這個舉動是什麼意思，劉嘯也是拿捏不準黃星的意思。

黃星一臉怪異的表情，道：「商越使用的，是真正的殺破狼標誌，這個標誌已經消失了將近三年！」

這句話猶如一顆重磅炸彈，炸得軟盟員工徹底傻了，商越使用的是真正的殺破狼標誌，難道商越是真正的殺破狼不成？那王寒風又是誰呢，他為什麼要冒充西毒殺破狼？

全場的人，大概只有劉嘯和商越並沒有表現出驚訝，他們都相信結果肯定是這個，只是劉嘯的心情更複雜一些，因為他覺得勝了就行，沒必要較真。

王寒風首先表示了質疑，「你根據什麼斷定她的才是殺破狼標誌？」

黃星笑著搖頭，「我當然有自己的判斷依據，這些年冒充殺破狼的人並不在少數，僅是我自己鑑定過的，就有幾十例。王先生，我看你就沒必要再冒充下去了，要不然就沒什麼意思了。」

王寒風此時突然笑了起來，道：「沒錯，我並不是真正的西毒殺破狼！」

王寒風看著黃星，「不過，我還是希望你能讓我輸得明白一些！」

「好！」黃星點頭，「那我就說一下我的判斷依據吧！」

黃星說完，走到商越的電腦前，指著那九個狼頭標誌，「包括王先生那四個標誌在內，從外觀上看，這些狼頭圖像是完全一樣的，但真正的殺破狼標誌卻另有玄機。西毒殺破狼是國內駭客裏最為高調的一個，每次攻擊都會留下這個狼頭標誌，被他侵入的重要網路不計其數，但到他失蹤為止，仍然沒有人知道他的真實身分，可能大家都會認為這是殺破狼的ＩＰ隱藏技術過於高明，以至於追蹤不到他的行蹤。其實不是這麼回事，殺破狼隱藏技術高明是不假的，但卻不是完全沒有追蹤的辦法，之所以沒讓他露出行蹤，是大家覺得沒有必要去追蹤他，原因就在這個狼頭標記裏。」

全場除了商越外，其餘人都是一臉不解，為什麼這個狼頭標誌就能讓這些人放棄了追蹤殺破狼的念頭呢？

黃星指著電腦，道：「大家都可以看看，這九個狼頭標誌，其中有八個的大小是一模一樣的，只有放置在第一台伺服器裏的狼頭，大小和其他的不一樣！」

王寒風挪步上前一比對，發現果然跟黃星說的一樣，八個大小一致，只有一個大小不同，不過他不明白，憑這個怎麼能判定這就是真正的殺破狼標誌呢，所以，他不解地看著黃星。

「殺破狼每拿下一個目標，就放置一個狼頭標誌，這種狼頭標誌每一個都是特製的，因為殺破狼會把攻擊目標的ＩＰ位址、還有自己攻擊時使用的攻擊代碼都嵌入其中，這個秘密，各國政府關鍵網路的主管都很清楚，這也是大家不追究殺破狼責任的最大原因，他是一個非常單純的駭客，即便有時也會衝動，但絕大多數入侵，都是單純的技術突破，沒搞過破壞，也從不竊取機密檔案。」黃星笑了笑，「剛才商越入侵後面八台伺服器的手段是一樣的，所以才會出現八個狼頭標誌一樣大的情況，這就是我判斷真假的一個依據。當然，還有另外幾個判斷依據，我這裏不方便講出來！」

「原來如此！」王寒風明白了過來。

黃星卻看著商越，「如果我沒猜錯的話，你和殺破狼認識，否則你不會知道這狼頭的秘密！」

王寒風此時卻是變了變臉色，低聲道：「我早該想到這點！」王寒風現在才明白，為什麼商越一看見自己，就說自己不是西毒，原來她跟西毒認識。

商越沒說話，只是走到自己電腦前，然後打開了一個檔案夾，道：「這裏一共有四百七十一個狼頭標誌，每個都不一樣，這是西毒殺破狼所有的戰績！」

商越這麼說，就相當於是承認了自己和西毒認識。

黃星上前一看，不可思議地搖著頭，他沒想到西毒竟然會有這麼多戰績，如果按戰績來算，西毒完全可以排到國內五大高手之首，怕是其他四人的戰績全部加起來，也沒西毒的多。

「那西毒呢？他現在人在哪裡？」黃星看著商越，他對西毒的失蹤也是感到不解。

商越沒說話，只是搖了搖頭，她的這個舉動讓所有人都感到不解。商越隨後走到王寒風跟前，還是那句話，「既然你已經承認冒充了西毒，我要求你道歉！」

王寒風搖了搖頭，「我是冒充西毒了，但你並不是西毒本人，所以，你沒權利要求我道歉！」

「你必須道歉！」商越發火了，死死盯著王寒風，兩隻拳頭竟捏在了一起，看樣子，她現在非常生氣。

「你不必這麼看著我！」王寒風聳了聳肩，「我寧願按照賭約去承擔責任，也不會向西毒以外的人道歉，因為我並沒有冒充你！」

現場軟盟的員工頓時沸騰了，沒見過這麼無賴的，於是紛紛站到了商越這邊，吼著要讓王寒風道歉，看樣子王寒風要是不道歉，今天估計是走不了了。

王寒風也是暗道倒楣，道：「我可以為冒充西毒欺騙軟盟向軟盟道歉，但我不會為此向你道歉，除非你能讓西毒站在我面前！」

「你！」商越突然激動了起來，抬手就抓向了王寒風，幸虧一旁劉嘯早發現商越神情不對勁，所以第一時間就抱住了她，把她往後拖了幾步，商越這才沒抓到王寒風。

「商越你冷靜點，有話好好說！」劉嘯使勁抱著商越，而商越此時卻紅了眼，掙扎著還要往王寒風身上撲，一副要和王寒風拼命的架勢，劉嘯的手也因此被抓了好幾下。

全場的人都懵了，包括王寒風在內，特別是那些軟盟的員工，他們沒想到平時看起來一點攻擊性都沒有的商越，會突然間變得如此狂躁，而且是因為西毒。

所有的人都沒說話，只有商越一直在掙扎，表情非常氣憤，大聲喊著：「你必須道歉，必須道歉！你不配冒充西毒！不配！」

劉嘯此時用盡了全身的力氣才拽出商越，這個看似柔弱的小女子，此刻竟然會爆發出這麼大的力氣，劉嘯很快就頭上冒汗，旁邊幾個軟盟的員工趕緊過來，幫著劉嘯按住商越。

商越終於掙扎不動了，剛才的吼聲也變成了哭腔，「欺人太甚，王寒風你欺人太甚……」

劉嘯和幾個人合力把商越按到了後面的一張椅子裏坐下，其他幾個人按住商越，劉嘯這才喘了口氣，騰出手擦著頭上的汗。

「我……」王寒風一肚子納悶，他不知道自己哪裡欺人太甚了，自己明明都說了，按照賭約去替西毒承擔責任都行，可商越為什麼會那麼激動，還說自己不配為西毒承擔責任，自己憑什麼不配啊！他準備找商越理論理論。

「你給我閉嘴！」劉嘯此時火也上來了，看王寒風還要過來撩逗商越，一把就把他推開。

「我……」王寒風還準備再說，劉嘯怒視了他一眼，王寒風這才悶悶地閉了嘴。

旁邊有人遞上紙巾，劉嘯把手上的血跡擦了擦，然後走到商越跟前，道：「商越，你不要著急，有什麼事慢慢說，放心，我們所有人都站在你這邊的！」

商越剛才那一番掙扎，已經耗盡了力氣，此時坐在椅子裏，眼睛卻還是恨恨地瞪著王寒風，「王寒風你欺人太甚……」邊流著淚，翻來覆去就這麼一句話。

「別急，別急！」劉嘯拉過商越的手，安撫著她，「來，深呼吸！深呼吸！」

過了好長時間，看商越情緒有所穩定，劉嘯才道：「好，不急，慢慢說，怎麼回事？」

「他欺人太甚！」商越指著王寒風，「我姐姐兩年多前就去世了，怎麼可能……」

劉嘯明白是怎麼回事了，拍著商越的肩頭，示意她不必再說下去，回身看著王寒風。原來問題就出在剛才那句「除非你能讓西毒站在我面前！」，商越的姐姐都去世兩年多了，你說這話，商越不跟你急才怪呢。

所有人都看著劉嘯，不知道商越那句話是什麼意思。

「商越的姐姐，就是西毒殺破狼！」劉嘯也是狠狠地瞪了王寒風一眼，你個破嘴，真是不會說話，雖說是不知者不罪，但劉嘯還是非常生氣。

在場的人「哇」一聲驚奇，這結果是誰也沒有想到的，大家紛紛怒視著王寒風，果然是欺人太甚，簡直就是欠揍，竟然拿人家死去的親人開玩笑！

王寒風哪裡知道是這回事，真是倒楣到家了，冒充西毒竟碰上西毒妹妹，偏偏西毒還去世了，現在真是有嘴也說不清了。

「商吳是你姐姐？」黃星也是大感意外，看著商越。西毒叫商吳他是知道的，因為西毒的狼頭標記裏早已注明了攻擊者的姓名，可他沒有想到西毒會是女的，他此時的表情就和三天前的劉嘯一模一樣。更令他吃驚的是，商吳竟然英年早逝了。

「我姐姐是位真正的駭客，這個世界上沒人能比得上她，不管是誰，都沒有資格去冒充她！」商越似乎又有點激動，「你不配！」商越指著王寒風。

王寒風這次沒再還口，再還口就真的要犯眾怒了。

「真是沒有想到啊！」黃星一臉惋惜，連連嘆息，「當年西毒突然消失，我還覺得納悶，原來竟是這麼回事，這真是天妒英才啊！殺破狼是整個網監圈都非常尊敬的一位高手，出道以來，她的所作所為，從未違背過駭客的準則，她征服所有人的，不光是高超的技術，更是她高尚的人格，這也是沒人追究她責任的最大原因！」

「你們為什麼不追蹤她？」商越此時盯著黃星，眼神裏充滿了深深的怨恨，「你們為什麼不追蹤她？如果你們當時追蹤她，或許她就不會死！」

黃星顯得很是錯愕，不知道自己哪裡說錯了話，自己明明是在說商吳的好啊，為什麼還會引來商越的控訴呢。

「她入侵了你們那麼多伺服器，你們為什麼不追蹤她？」商越還是盯著黃星不放。

這下黃星傻了，不知道該說什麼。

「如果你們追蹤到她，她就不會死了！」商越的眼裏又淌出了淚，「我寧願你們找到她，哪怕判她刑，讓她去坐牢，也不願她被病痛奪走生命！」

黃星沒說話，一臉沉默，他已經大概猜出了一些真相。

劉嘯也明白了過來，他突然想起了當年軟盟創立時的宗旨，非常簡單，也非常實際，就是為了不讓一些天才駭客餓死街頭。兩年前，或者再往前一點，那時候國內安全界的生存狀況可謂是差到了極點，黃星進入網監，與其說是招安，倒不如說是因為生活所迫；景程也好不到哪裡，他要靠教中文來養家糊口；邪劍亡命天涯，最後不得不放棄原則，投奔了廖成凱；而南帝龍出雲，更是收養了一大幫窮困潦倒的駭客高手，要不是他有些家底，恐怕也很難說了。

這幾個人還都是國內最頂尖的駭客，尚且混得如此淒慘，其他的人就更不要提了，而西毒殺破狼或許就是個悲劇了，她用技術和駭客精神征服了所有人，卻也正是因為這點，將她永遠地埋沒了，在她躺在病床上，等著別人伸手救助的時候，卻根本沒人知道她就是那位聲名赫赫的駭客天才。

商越似乎想起了當年的傷心事，坐在那裏不住流淚，嘴裏喃喃道：「她不讓我說，可你們為什麼就都不追蹤她呢！」

一股悲愴的感覺湧上來，讓劉嘯覺得心裏非常難受，憋得自己有些喘不過氣來，甚至眼淚都快憋出來了，他又想起了西毒殺破狼失蹤前的最後一戰，時間就是在兩年多前。

西毒殺破狼突然拿下了電信公司的網站，在電信公司網站的主頁上留下標誌性的狼頭，她要求電信公司降低國內用戶的寬頻資費。

殺破狼同時聲明了自己的理由，她認為互聯網已經成為一種新的文化，更是一種交流的工具，每個公民都有享受的權利，也有交流的自由，而電信公司依靠壟斷地位，收取高額的資費，是對公民權利的一種變相剝奪，更是故意提高門檻，給公民自由交流設置障礙的一種行為。

後來電信公司恢復了伺服器，惱羞成怒，聲稱要追究西毒的法律責任，但西毒並沒有就此被嚇倒，也沒有放棄，她連續駭了電信公司網站三次，每次都是留下狼頭以及那個聲明，最後事情的影響擴大，電信公司迫於壓力，降低了用戶的上網資費。

西毒在那次事件後便消失了蹤影，不過她的戰鬥卻取得了輝煌的勝利，國內用戶在此之前想要上網的話，每個月得拿出平均月收入的三成，在那之後，費用只有不到一成。

雖然這個比例仍舊很高，但已經是個不小的進步了，互聯網用戶也是在那次降低資費之後，有了一個突飛猛進的發展，短短兩年多的時間，中國就成為世界上互聯網用戶最多的國家。

算算時間，那時候的西毒應該是躺在病床上，和病魔做著最後的搏鬥，她只要聲明自己的身分，或者用她的技術去隨便一撈，就能夠拿到治病的費用，可她並沒有這麼做，而且不允許商越這麼做。和死神的最後一場賭局裏，她贏得了自己作為駭客的尊嚴，卻輸掉了生命。

劉嘯終於明白了為什麼西毒的身分一直是個謎，明白了為什麼她入侵了那麼多伺服器，卻沒有一個人去追究她的責任，同時，他感覺到一種惋惜，一種莫大的悲痛，一個真正的駭客，卻太早地隕落了，甚至她都不曾知道她那最後一戰，會對後來業界的發展，產生多大的影響。

就像商越說的那樣，西毒殺破狼是位真正的駭客，這個世界上沒有人可以去冒充她，因為全都不配！如果這個世界上還有一位真正的駭客，那就是她！

劉嘯看著王寒風，冷冷道：「你不想說兩句嗎？」

王寒風愣了半晌，然後走到商越跟前，「對不起，我確實不配冒充西毒殺破狼，我向你，還有你的姐姐道歉，她是一位值得敬重的駭客！」

王寒風說完，朝商越一鞠躬，然後轉身去收拾好自己的電腦，道：「既然被你們拆穿了，那我也就沒有再待下去的必要了，後會有期！」

「慢著！」劉嘯攔住了王寒風，「你為什麼要冒充西毒來欺騙軟盟，你好像還沒有把這個解釋清楚吧？」

「有這個必要嗎？」王寒風看著劉嘯，「我已經被你們揭穿了，不管我有什麼打算，都已經沒有機會來實行了！」

「我本來也認為沒有必要！」劉嘯也盯著王寒風，「但我現在認為很有必要！」他被王寒風剛才的行為給撩出火來了。

「呵呵……」王寒風只是笑著，卻不回答，看來他是不準備來解釋這個問題了。

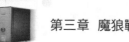

一旁的黃星一直皺著眉，此時卻突然道：「我知道你是誰了！」他看著王寒風，「你是『魔狼戰團』的『白衣公子』。」

在場的很多人，根本都沒聽說過魔狼戰團，要不是看過踏雪無痕提供的資料，劉嘯現在估計也不可能知道魔狼戰團這個名字。現在黃星這麼一提，劉嘯突然想了起來，其實自己早該想起來了，如果他不是白衣公子，怎麼會老是一身白衣呢。

魔狼戰團是網路安全界臭名昭著的傭兵團，只要給錢，這些人就什麼都幹，販賣機密資料、代人攻擊、網路報復，他們什麼都幹過，白衣公子是這個雇傭兵團裏的三號人物。

在踏雪無痕的網路間諜機構排名中，魔狼戰團連三流都沒擠進去，這不是因為他們技術不行，而是因為魔狼戰團太沒有品，他們甚至連代人駭郵箱這種幾百塊錢的小活都接，這也讓其他的網路間諜機構不屑與之為伍！

但魔狼戰團卻有著比其他雇傭兵團所比不上的優勢，他們的配合非常厲害，一次網路攻擊，他們往往能調動數十人集體參與，而外表看起來卻跟一個人行動一樣，狼是生物界中最擅於集體狩獵的物種，這也是他們自稱魔狼戰團的原因。

王寒風變了變臉色，沒有說話，不過他這個表情變化，其實已經相當於是回答了黃星的問題。

「你不叫王寒風！」劉嘯看著對方，「你的真正名字叫做韓浪，三十四歲，生於海城，六歲時全家遷到了三羊市，因為過分癡迷於電腦，以至於你後來大考失利，沒能考上大學，之後你輾轉多個城市，但生活一直無法穩定下來，直到當時國內反病毒第一人的李易成發現了你在安全方面的潛力，才算是有了一份安定的工作，後來李易成轉投其他公司後，你不久後也辭了職。」

劉嘯這話一出，王寒風的眼睛裏露出了恐懼之色，他沒想到劉嘯會對自己的底這麼清楚，自己的一舉一動簡直就像是在他的眼皮子底下一樣。

而比王寒風還要震驚的，卻是黃星，他剛才不過是猜測罷了，而劉嘯隨口就說出了白衣公子的真實身分。

關於魔狼戰團成員的資料，網監的瞭解非常有限，僅有的一點資料還是從俄羅斯網路安全部門那裏共用來的，而且描述非常簡單。自己之前對於白衣公子的認識，不過是「長髮，喜穿白衣，面色冷峻！」十個字而已，而劉嘯怎麼會知道得如此清楚呢。

「你這次是受了誰的雇傭？」劉嘯盯著王寒風，不，是盯著韓浪才對，「進入軟盟的目的又是什麼？」

韓浪沒有說話，隱藏多年的身分突然一下被人揭穿，這對他的衝擊太大，此時大概還沒回過神呢。

「好了，比賽已經結束了，大家都散了吧！」黃星此時站了出來，示意這些軟盟的員工散開，有些東西，還是知道的人越少越好。

可軟盟的員工都站著不動，他們也想弄清楚是怎麼回事。

「大家都散了！」劉嘯終於發話了，「趕緊忙自己的活去吧！」

劉嘯把員工勸了出去，然後關上了活動室的門，此時裏面就剩下他、黃星、景程，還有坐在椅子上發愣的商越。

「韓浪，你的真實身分現在已經被揭穿了，這行你肯定是幹不下去了，你覺得再堅持下去還有什麼意思嗎？」黃星看著韓浪。

韓浪自嘲似地嗤了口氣，轉身拉過一張椅子坐了下來，「今天算我栽了！」臉上還是一副不可思議的表情。他不明白為什麼劉嘯會那麼清楚自己的底。

「反正你們也有網監在場，只要有證據，隨便你們拿我怎麼處置都行，不過要我破壞行規，那就請免開尊口。」韓浪此時定住了心神，也就不再慌張，做這行的，其實很早就有這份覺悟了，只是這一天來得過於突然了。

「其實你說與不說，我遲早都會查出來的！」劉嘯此時也沒有剛才那麼激動了，「不過，我有一句話請你務必轉告給魔狼戰團的其他人，既然你們有膽對我們軟盟下手，那就準備接受我們的懲罰吧！」

劉嘯這話一出，韓浪就坐不住了，他本想就算是失敗了，也沒什麼大不了，自己不說，誰也拿不到什麼證據，可是自己顯然把劉嘯想得過於簡單了，人家根本就沒打算追究這個，他是要以牙還牙，既然他敢說這話，就表示他有辦法對付魔狼戰團。韓浪不得不重新掂量一下後果了。

「韓先生，你可以走了！」劉嘯大手一伸，做出了送客的架勢，說完就準備過去拉開會議室的門。

「如果我拿和軟盟有關的資訊交換，我們之間的這個梁子是否就算是了結了？」韓浪想了半天，最終還是妥協了，他不能拿自己同伴的安危冒險。

「那得看你的資訊是否有價值！」劉嘯停下腳步，回頭看著對方。

「我這次冒充西毒到軟盟，是為了尋找一個答案！」韓浪搖了搖頭，很失落，「我們魔狼戰團老大的事情，想必你應該很清楚吧！」

劉嘯露出了思索的表情，踏雪無痕資料上談到的人物和組織實在是太多了，他不可能什麼都記得，他之所以會對韓浪的資料那麼清楚，是因為他對資料上提及的所有中國駭客非常好奇，曾經一一分析過。

「前不久，我們接觸到一位神秘客戶，他提供我們一大筆資金，讓我們發動一次大規模的網路攻擊。客戶的資料我不能告訴你，但這位客戶曾做下承諾，只要事成，他會想辦法將我們的老大保釋出來！」韓浪苦笑一聲，「我們的攻擊起初非常順利，客戶很滿意，但後來被攻擊方採用了軟盟的安全產品，形勢便開始急轉而下，由於沒達到事先預定的攻擊效果，客戶拒絕兌現承諾，這讓我們之前的努力全部白費。經過協商，客戶最後同意只要我們能拿到軟盟產品取勝的秘密，他就仍然兌現承諾。」

劉嘯和黃星立即把韓浪的話和發生在愛沙尼亞的攻擊事件聯繫在了一起，最初發動攻擊的，應該就是魔狼戰團了，估計也只有他們，才能發起如此步調一致的攻擊。

一個國家竟讓一個只有幾十個人的網路組織擊垮，這讓劉嘯非常吃驚，他不禁想起一位美國駭客曾經說過的話：「給我九十天的時間，我能讓一個國家舉手投降！」現在再看這話，非但一點都不誇張，而且還太保守了呢。

韓浪看著劉嘯，「沒想到我們連續兩次栽在了軟盟手裏，這趟買賣算是徹底砸了，不過我輸得心服口服！」

「前幾天攻擊軟盟的網站，是不是也是你們做的？」劉嘯問道。

韓浪搖頭，「我們租借的殭屍網路早就到期了，那不是我們做的！」

劉嘯「哦」了一聲，沒說話，有了韓浪這些資訊，自己倒是想明白了很多事，看來針對愛沙尼亞的網路攻擊還真是早有預謀，而紀念碑搬遷不過是個導火線罷了。

「我倒是為你們感到不值啊！」黃星此刻笑著，「你們的一號人物被捕之後，其實就把你們所有的人都給供出來了，俄羅斯網路安全部門在這一年的時間裏，基本已經全盤掌握了你們組織的行蹤，唯獨缺少的就是證據。也幸虧你們的這次攻擊沒有被人追蹤到，否則，你們立刻會成為別人的替罪羔羊。」

韓浪頓時變色，他從來沒想到組織的頭號人物竟會把他們全都交代出去，所以根本就沒往這方面想，現在讓黃星這麼一點撥，不禁全身冒出冷汗，這是個圈套，如果當時愛沙尼亞一直揪著追下去，估計就會有人把魔狼戰團拋出去了。

劉嘯回過神來，看著韓浪，這傢伙也不過是別人手裏的棋子，於是道：「好，我們之間的這個梁子就算了結了，你走吧！」

韓浪失神地站起來，道：「多謝，告辭了！」

「最後送你一句話！」劉嘯看著他，「現在國內的安全環境已經大大好轉，完全有你大施拳腳的舞臺，希望你能好自為之！」

韓浪走到門口，對著劉嘯一欠身，「我會記著你的話！」說完，他轉身撥開守在外面的人，悵然離去。

第四章　內外兼顧

「我們的策略級產品之所以能夠讓一個篩子系統瞬間變得高度安全，靠的就是內外兼顧，這個內，不光是指對本機上資訊安全的防護，還是指對我們產品自身安全的防護，從而有力地封殺掉絕大多數的駭客行為！」

「你們都在幹什麼呢？」人群背後傳來業務主管的聲音，「不好好上班，都圍在這裏幹什麼！」

人群便一哄而散，露出了後面的業務主管。他快步上前，「劉總，我正到處找你呢，事情有些變化啊！」說完，他往活動室裏看了看，道：「發生什麼事了嗎？」

全公司的人都跑來看熱鬧了，只有業務部的人忙得抽不開身，甚至不知道發生了什麼事。

「沒事！」劉嘯看著業務主管，「什麼事情有變化了？」

業務主管看有黃星和景程這樣的外人在場，就沒說，而是道：「不急，我一會兒再跟你說吧！」就準備走。

「沒事，說吧！」劉嘯道。

業務主管皺了皺眉，「剛才接到幾個地方政府的信函，他們說可以接受我們的新報價，但是都提出了各自的要求！」

「要求？」劉嘯有點詫異，「什麼要求？」

「亂七八糟，什麼都有！」業務主管十分頭疼，「有的說要我們以股權做抵押，到他們的銀行貸一筆款才能下單；有的更乾脆，直接就提出入股的要求，方式五花八門，但都給了一些優惠條件，比如說指定我們為他們的唯一網路安全設備提供商；有的是希望我們能和他們的一些本地企業進行技術方面的深度合作！」

「這是在做生意，成就成，不成就不成！」劉嘯有些生氣了，「他們以為是在做政治交易嗎？」

劉嘯在原地踱了兩圈，一咬牙，道：「告訴他們，我們什麼條件都不會答應的，另外，你通知他們，產品價格再次調整，現在的報價是三十萬，要買就買，不買拉倒！」

「這……」業務主管有些遲疑。

「愣著幹什麼！」劉嘯一瞪眼，「還不趕緊去！」

業務主管皺著眉，一咬牙，「好，我這就去！」

「劉嘯，什麼事啊！」黃星見劉嘯發火，有些好奇。

「這都是什麼人啊！」劉嘯氣得咬著牙根，「外人是處心積慮，想方設法要得到我們技術核心的秘密，可他們倒好，不重視不採購也就罷了，居然為了省幾毛錢，反過來去幫外人，真是氣死我了！」

「到底怎麼回事？」黃星沒聽懂。

「軟盟策略級技術核心現在成了眾矢之的，被許多人瞄上了！」劉嘯看著黃星，「剛才的韓浪，就是被人利用了，他冒充西毒進軟盟，無非就是想得到我們的核心技術。這幫傢伙，低價得不到我們的產品，便打起了這個主意，還妄想控制我們的股權，媽的！」

黃星算是有些聽明白了，把劉嘯又拖回了活動室，「別生氣，坐下說，看看我有什麼能幫上忙的！」

劉嘯舒緩了一下心情，便把近些天來，自己和那些國外勢力明爭暗鬥的事情說了一遍，道：

「別人是挖空心思想控制我們，明的暗的都有，可我們自己人呢，卻如此短視，看不到軟盟的前景也就罷了，還幫著別人來企圖控制我們！」

黃星嘆了口氣，「說起來我也是非常生氣，這些人根本不懂安全這一行，眼裏盯著的就是那幾塊錢，為了省一塊錢，就敢把一萬塊的東西送人。」

黃星拍了拍劉嘯的肩膀，「你也不要擔心，這事我回去向上級主管部門反應一下，自己的尖端產品，自己人是最應該支持的！」

「不用了！」劉嘯　抬手，拒絕了黃星的好意，「我現在想通了，有些事情，不是你認為是理所應當的，別人也會這麼認為，總有一天，我會讓這些短視的傢伙反過來求我們！」

「不要說氣話嘛！」黃星笑呵呵地道：「現在上面一直在強調網路安全，這是個趨勢，他們遲早會重視起來的，這個時間不會太久。」

「我沒生氣！」劉嘯擺了擺手，「只是有些失望罷了！算了，不說這個了！」

「對了，我問你！」黃星看著劉嘯，「你怎麼會對白衣公子的資料知道得那麼詳細？」

「你之前似乎也曾問過類似的問題！」劉嘯笑著搖頭，「我有自己的途徑，但我不會告訴你的，你也不要再問了，該說的時候我就會說的！」

黃星吃了個癟，不過他對此早有預料，劉嘯在某些問題上，寧可拒絕你，也不會編謊話騙你。

「好，那我就不問了，不過以後如果有什麼地方需要你提供資料的話，還希望你不要拒絕。」

「能幫上忙的，我肯定會幫！」劉嘯說。

「那就好！那就好！」黃星回頭看著還呆坐在那裏的商越，嘆了口氣，道：「你也不要太難過了，能有這麼一位姐姐，你應該感到自豪和驕傲，沒能和你姐姐認識，是我人生的一大遺憾，如果你同意的話，我想去你姐姐的墓前看一看，我有幾句話想對她說。」

商越擦了擦眼淚，從椅子上站起來，「謝謝！」定了定心神，道：「今天恐怕不行，明天吧！」說完一欠身，「不好意思，我有點事，先告辭了！」

看著商越的背影，景程也是有些感慨，「能夠和西毒齊名，是我的榮幸！」

「讓她一個人冷靜一會吧！」劉嘯嘆了口氣，對黃星二人道：「走，咱們也別在這裏站著了，到我辦公室去吧，我還有事情要和你們兩位商量呢！」

三人便又到了劉嘯的辦公室，劉嘯道：

「我們軟盟準備搞個新的項目，設計一套用於網路攻擊突然發生時的安全防範體系，其實有很多國家的安全部門都在做這個，比如說，海城之前就曾搞過一套緊急回應系統，可惜後來暴露出有非常大的問題，最後不得不重新開發，至今也沒有消息。」

黃星點頭，「我們網監也一直在做這方面的研究！」

「我今天找你們兩位來，不光是做公證人，更主要的是想和你們商量一下這個事情！」劉嘯頓了頓，「做這種項目，主要是有兩方面的困難，一是資源，我們軟盟畢竟只是一個企業，資源有限，只站在企業的高度上，是不可能做出這套系統的；第二是硬體，我最近一直為這個頭疼，我們在硬體上的研發能力非常弱，已經大大限制了我們好多項目的推出。」

「那你的意思是？」景程看著劉嘯。

「在資源方面，我們目前已經和愛沙尼亞的國家電腦回應中心達成了協議，會在這方面展開一些深度的合作，但我更希望能和自己的網監部門合作，畢竟我們國家的網路在廣度和深度上都大大超過了愛沙尼亞；在硬體方面，我想先瞭解一下華維在這方面的實力如何。」劉嘯看著兩人。

「你先說說你那個安全體系到底是做什麼用的！」黃星問道。

「很簡單，就是保障整個網路在遭到突然的網路襲擊時不至於癱瘓，或者是被人利用！」劉嘯捏著手，「就拿愛沙尼亞這次的事件來說，愛沙尼亞之所以失敗，主要原因並不在於防範措施不夠堅決、不夠快速，而是在應對網路襲擊方面沒有一個完善的應對體系。對手要從哪裡展開攻擊，會是什麼攻擊方式，力度會有多大，會造成什麼樣的後果，這些他們事先都沒有一個很明確的概念，而是單純地水來土掩，兵來將擋。我們準備搞的這個體系，就是針對這些不足進行設計，把所有的可能都考慮進去，在攻擊發生時，能夠迅速將攻擊所造成的破壞力壓到最低，然後在最短時間恢復或者啟動備用方案。」

黃星咂了咂舌，「你可真夠敢想的，多梯次的防護體系，這可是個大工程啊！」

「要是小項目，我們自己就搞定了，也不會勞動你親自過來一趟啊！」劉嘯呵呵笑了幾下，隨即又道：「要做就做最具前瞻性的東西，老是跟在別人屁股後面的話，就沒什麼意思了。」

景程皺著眉，「你也不早說，早知道我把華維硬體方面的工程師帶幾個過來，你有什麼要求，可以直接問他們，我在安全這方面行，硬體還真不太瞭解。」

「沒關係！」劉嘯笑著搖頭，「我今天只是先和你們二位商量一下，主要是想看看這個項目的可行性到底如何，需要多大投入，是否會有市場，網監和華維都是握有大資源的，我想聽聽你們的意見！」

「投入的心力肯定是非常大的，但市場也會很大！」黃星鎖著眉，「不瞞你說，網監這些年在這方面已經投了不少錢，但設計出來的東西，效果總是差強人意，其他一些安全技術發達的國家，很早就在這方面開始嘗試了，大家的情況卻都差不多。其實你說的那兩個問題，都不是什麼問題，最大的問題是，駭客技術總是跑在安全防護之前，手段更是千變萬化，讓你防不勝防，不可能有那麼一套萬能的手段，去應付所有的駭客行為！」

「呵呵，這個問題對你們來說是最大的問題，但對我們來說，卻不是問題！」劉嘯笑道，「剛才你也看到了，商越利用欺騙技術，一會兒工夫就拿下你們八台伺服器，就算是採用人工防守，也很難發現資料裏的欺騙行為，但如果你們的所有伺服器上都安裝了我們的策略級產品，那商越的欺騙手段根本就行不通。這樣說吧，只要接收到帶有欺騙性質的資料，我們的產品至少會有三種以上的處理方式，甚至是會假意授權對方連結，但對方進入的同時，產品就已經把伺服器上所有的東西都保護了起來，一旦對方進來之後有駭客性質的操作，那他就完蛋了！如果作為攻擊方的電腦也裝有我們的產品，駭客遠端登陸這台機器，連續發出三次欺騙資訊後，產品就會開始報警，必須得到本地管理員的確認後，那些欺騙資料才能繼續發出去，我們的防護是內外兼顧的！」

劉嘯看黃星沒說話，就笑道：「我這可不是給自己的產品做廣告啊，不信的話，一會兒你拿幾套產品回去，自己裝上試試就知道了，看我說的是不是真的！」

黃星和景程對視了一眼，兩人眼裏都是一句話，「有那麼神奇嗎？」

「我們的策略級產品之所以能夠讓一個篩子系統瞬間變得高度安全，靠的就是內外兼顧，這個內，不光是指對本機上資訊安全的防護，還是指對我們產品自身安全的防護，再加上靈活多變的策略，我們的產品就成了一道可以進行自我保護的安全屏障，從而有力地封殺掉絕大多數的駭客行為！」

劉嘯繼續說道：「我們的策略級引擎不光只是用來做防火牆，它可以運用到任何平臺的開發之中，而且我最近有一些新的想法，如果這些想法實現的話，那我們策略級產品的功能和安全性還會進一步加強，到時候只要用策略級引擎來擔任這個多梯次防護系統的判斷核心，就完全可以識別出絕大多數的駭客攻擊行為，雖不能說是萬能的，但足可支撐這個體系的運行了。」

劉嘯的這個想法，就是指策略矩陣，上次那是硬體組成的矩陣，現在他想玩一玩軟體組成的策略矩陣，不知道會不會也有神奇功效。

「你這話不是忽悠我的吧？」黃星還是不信。

「如果不是對這個策略級產品有信心，我也不敢上這麼大的項目啊！」劉嘯聳肩，搞這個項目的投入，黃星更清楚。

景程此時倒是說了一句：「我終於明白了！」

「你明白什麼了啊！」黃星問道。

「我明白了白衣公子還有他背後的那些人為什麼會想方設法要弄到軟盟這項技術的核心機密！」景程嘆著氣，「那些人都看到了這項技術的真正價值，而我們卻只是把它當作一個普通的安全產品來對待！」

「看來我有必要向上級反應一下了，不能讓這些傢伙再這麼搞下去了！」黃星此時也有些意識到軟盟這項技術的價值了，於是他立時就想起一件事，「那你怎麼還把這個引擎授權給別人使用？」

「呵呵，那個引擎只能用作軟體防火牆的開發！」劉嘯笑說，「他們只能通過函數調用來支配引擎，而所有的函數都是我們自己設計的，否則的話，他們現在也不會這麼上躥下跳了！」

黃星笑著拍了拍腦門，自己這個問題問得是真沒水準，於是道：「你們的難題對我們來說不是難題，而我們的難題呢，對你們來說也不是難題，看來我們今天的這個對話有點晚了，我會把你說的這個事情馬上向上面彙報，極力促成這項合作！」

「那我也得向總部彙報一下，看看我們華維能不能也跟上！」景程說。

「行，事不宜遲，那我們就分頭行動吧！」黃星是個急性子，說著就站了起來準備走人。走沒兩步，又道：「你剛才答應給我的那幾套產品，我先帶著！」他準備回去測試一下，看看有沒有劉嘯說得那麼神奇，他不會被劉嘯幾句話就忽悠暈的。

「行，沒問題！」劉嘯笑著搖頭，「我這就去給你拿！」

第二天一大早，劉嘯、黃星、景程三人在商越的帶領下，到商吳的墓碑前獻了花，碑上貼有商吳的照片，和商越長得非常相似，只是不像商越那樣憂鬱，而是一臉燦爛的笑容，明亮的眼眸，讓人一看就覺得充滿了陽光。

只是一張照片便讓劉嘯有這種感覺，可見商吳當年是個多麼有風采的人，劉嘯心裏不禁又是一陣黯然，默默地站在那裏，心裏惋惜不已。

黃星把自己的警帽抱於腰間，對著墓碑，嘴裏低低念叨著什麼，只是誰也聽不到他在說些什麼。過了十來分鐘，黃星才說完，轉身戴好警帽，對商越道：「你姐姐是好樣的，你也一定可以做到和她一樣優秀！」

說完嘆了口氣，又看著劉嘯：「昨天你給我的那幾套軟體，海城的網監已經測試過了，和你說的一樣，這讓我更有信心，我回去之後的第一件事，就是讓上面對你們的這項技術重視起來！」

劉嘯搖頭：「重不重視無所謂，反正遲早會認識到的！」

「我準備一會兒就返回總部，合作的事，只要有眉目，我會第一時間通知你！」

劉嘯點了點頭，「我一會兒還約了一個客戶，就不能去送你了！」

「沒事！」黃星擺了擺手，身看著景程，「老北，你有什麼打算？」

「我一會兒也得趕回雷城了，咱們剛好順道一起去機場！」景程淡淡笑著。

「行，那我們就告辭了，有事再打電話聯繫！」黃星跟劉嘯打了招呼，和景程一起離開墓園。

「走吧！我們也回去吧！」劉嘯拍了拍商越的肩膀，「只要我們讓軟盟一天比一天強大，你姐姐這樣的事就不會再發生！我保證！」

商越點了點頭。

兩人前腳回到公司，斯捷科公司的那兩人後腳就到，時間上還剛剛好。

「劉先生好！」斯捷科的那位中國分公司經理笑道，「再次見到你，非常高興！」

「快請坐吧！」劉嘯招呼兩人坐了下去。

「不知道劉先生約我們過來，是有什麼事？」那老外看著劉嘯。

「我想問一下貴公司，是否有繼續增加訂單的意向？」劉嘯笑呵呵地看著對方。

「劉先生這是什麼意思？」老外不太明白劉嘯這話的意思。

「我們公司現在推出了新的措施，不允許串貨，這想必你是知道的！」劉嘯盯著對方，「我略為查看了一下貴公司所有網站的情況，根據我的判斷，你們是用不了一千台硬體防火牆的，這多餘的產品我也不想追究它究竟用在哪裡。不過，我想知道你們到底能吃下多少貨！」

「這……」這老總不敢亂說，他不想中了劉嘯的圈套。

「你放心，我不是在追查那些多餘產品的用途！」劉嘯笑著，「是我們公司準備大力開拓在俄羅斯的市場，我調查過了，斯捷科公司在俄羅斯確實有極大的影響力，所以我想走個捷徑，看我們雙方有沒有合作的可能！」

老外顯然是迷糊了，上次自己跑來要代理，被劉嘯拒絕了，這次他怎麼倒是主動提出要合作啊，「我記得你上次說不需要代理商？」

「是！」劉嘯笑著，「我們可以給你代理商的價格，但不會給你代理商的身分！」

劉嘯上次之所以拒絕了斯捷科，是他早猜到了斯捷科肯定和那些攻擊軟盟的人是有聯繫的，所以對斯捷科沒有什麼好感。

其實到現在，他對斯捷科也沒有好感，只是斯捷科在退訂上和其他海外企業的不一致態度，讓劉嘯看到那些海外企業並非鐵板一塊，這個斯捷科很有可能是自己打開海外市場的一個突破口。

「那你們可以給到什麼價位？」老外想了半天，試探道。

「那得看你們能吃下多少貨！」劉嘯笑著，「如果一年之內，你們能夠吃進五萬套我們的產品，我會給你這個價格！」劉嘯伸出一隻手掌翻了翻，「十萬美金！而且我可以保證，這是我們在海外的最低價格，不會再有比這更低的價格了！」

那老外聽了顯然有些心動，心裏一盤算，道：「你讓我考慮一下！」

「沒有問題！你有足夠的時間考慮！」劉嘯笑著，「除非我們改變了策略，放棄俄羅斯而先去開拓其他地區的海外市場！」

「那這個售後？」老外沒忘軟盟的新政策。

「只要產品沒跑出俄羅斯，我們都提供完善的售後服務！」

老外這才放了心，「好，我會儘快給劉先生一個答覆。另外，我們上次訂的那批貨，什麼時候能夠交貨？」

「今明兩天就可以交貨！」劉嘯說。

景程這次來，帶給劉嘯的唯一好消息，就是華維終於把那個硬體平臺搭建了出來，測試也到了最後環節，只等測試沒有問題，就可以開始組裝生產了。

「那一周之內，我肯定給你一個答覆！」老外非常肯定地說，估計是想看到效果之後，才能決定是否答應和軟盟的合作。

「沒有問題！」劉嘯點了點頭。

「那我就先告辭了，我馬上就去請示總部！」老外和他的助手站起來告辭。

劉嘯親自把兩人送走，這才鬆了口氣，要不是為了賺錢，劉嘯可能真的不願意和斯捷科合作，他之所以給斯捷科一個低價，就是為了賺取更多的高價。自從知道了西毒的事後，劉嘯更加堅定了自己當初接手軟盟時的想法，那就是必須把軟盟做大做強，改善國內安全界的生存狀態，絕不能讓西毒那樣的悲劇重演，更不能讓wufeifan那樣的事情發生，要讓所有熱愛安全技術的人都看到，踏踏實實做好安全技術是非常有前途的！

不過斯捷科這個老外今天的表現，已經讓劉嘯充分有理由相信，這個斯捷科的背景絕對不簡單，否則他也不用考慮，也不會問售後的事，斯捷科的背後肯定掌握著一個非常大的需求量。

時間過去兩天，華維的硬體平臺終於通過了測試，開始陸續供貨，斯捷科公司的貨量最小，但利潤卻最大，是第一批發的貨。接下來是海城、封明和網監的，由於需求量大，華維採取了分批供貨的方式，三地陸續都收到了第一批的產品。

國內那幾個提出雜七雜八要求的地方政府，在看到軟盟一下將價格提高之後，頓時傻了，也可能是生氣了，覺得軟盟太不識抬舉，便中斷了和軟盟的進一步協商。此時估計就是有人肯給他掏錢，他們也不會買軟盟的產品了，他們覺得自己的面子和尊嚴被藐視了。

這讓軟盟的業務主管終於輕鬆了下來，只是讓劉嘯鬱悶的是，已經到了一周的期限，斯捷科公司還沒有答覆，而黃星回去之後，也是沒了音信，劉嘯也不好打電話催促，就每天繼續躲在實驗室，忙著自己的矩陣試驗，閒暇時，繼續研究關於網路戰和未來安全格局的分析。

這天中午休息時間，大家吃完午飯，都橫七豎八靠在休息區的椅子裏，看著電視，一邊聊天打屁。

「劉總，你說斯捷科公司怎麼還沒回覆啊！」業務主管手裏捏著根牙籤，「現在國內一提價，基本沒訂單了，如果海外再不開張，咱們下一步怎麼辦啊！」

「別著急，再等兩天，如果沒答覆，咱們就再做下一步的打算！」劉嘯倒也沉得住氣。

「對了！」商越此時突然開腔了，「我發現個新情況！」

「什麼情況？」業務主管問道。

「還是上次愛沙尼亞的攻擊事件，事後雙方政府互相約束後，攻擊力度是大大減小了，但民間駭客的爭鬥一直都沒停止，開始大家是互有勝負，從前天開始，情況有點變化，好像俄羅斯方面的成功率一下高了起來，而北約那些成員國的駭客，這兩天沒拿下什麼戰績！」商越看著劉嘯，「你說這會不會……」

劉嘯一聽笑了起來，「和我預料的不差啊，看來咱們要有大訂單來了！」

劉嘯來了精神，對業務主管道：「一會兒上班後，你找個可靠的管道，把斯捷科向我們軟盟訂產品的消息透露出去！」

「好，這沒有問題！」業務主管應著。

「咱們得給所有人傳遞出一種信號，那就是凡是採用了我們軟盟產品的網路，安全性能就會大幅提高，愛沙尼亞是這樣，斯捷科也是這樣，今後不管誰買了我們的產品，都會這樣！」劉嘯笑著，只要去查一下斯捷科的背景，大家就明白是怎麼回事了，不過他也道：「但千萬別讓人知道這個消息是我們透露出去的！」

「知道知道，尤其是不能讓斯捷科知道！」業務主管笑著，「這個我明白！」

劉嘯笑著，其實就算做得再隱秘，還是會有人猜到是軟盟自己放出的消息，不過該縮的時候還得縮，抓到證據和抓不到證據完全是兩回事。

「靠，這電視是怎麼回事！」休息區的員工們突然吵了起來。

劉嘯幾人往電視看去，發現剛才還在現場直播的一個新聞發布會，此時突然結束了。

就有軟盟的員工開始罵了：「這什麼轉播水準啊！第一次新聞發布會就這樣，以後的比賽還能看嘛！」其他人紛紛附和，表示贊同。

雷城兩年前申辦了一個大型的國際體育賽事，經過兩年的籌備，今天是第一次進行新聞發布會的現場直播，主要就是檢驗一下賽會的實際轉播水準，誰知道發言人的話還沒講完呢，發布會的轉播就結束了，這肯定是出了什麼狀況。

大家換了個頻道，繼續聊天打屁，消磨著休息的時間。過了大概將近二十分鐘，眾人才打算慢慢往工作區走去。

劉嘯此時也休息夠了，準備閃人，剛站起來，接待美眉跑了過來，「劉總，有你的電話！」

「誰打來的？」劉嘯有點納悶，自己的電話怎麼都打到前臺去了。

「雷城的！」美眉看著劉嘯，「說是什麼組委會的！」

「組委會？」劉嘯更是納悶，不認識啊，自己在雷城就只認識易成軟體和華維，其他的人都不認識，不過人家打電話過來指名道姓找自己，估計不會找錯，劉嘯就道：「你把電話轉到我辦公室吧！」

「好！」美眉一點頭，轉身就走。劉嘯也快步回到自己的辦公室。剛進辦公室，電話就開始響了，劉嘯過去提起來，道：「你好，我是劉嘯！」

「你好，我是雷城組委會的！」對方的聲音一聽就很陌生。

「哦，你好，有什麼事嗎？」劉嘯問著。

對方「喀喀」兩聲，清了清嗓子，「雷城兩個月後要舉行一次大型的國際體育賽事，這個事情你們知道吧？」

劉嘯「哦」了一聲，明白過來了，「你們是賽事組委會的吧？」

「對！」對方應著，「是這樣，我們賽事的網路出現了點問題，你們能不能在最短時間內組織一個專家隊伍過來？」

「好，沒有問題！」劉嘯想也不想就應了下來，能夠參與到這麼大賽事的安全工作中，對軟盟有好處，「我們的專家今天下午就出發，你看如何？」

「那太好了，我在雷城等著你們！」對方非常高興，連連道謝，留下自己的姓名和聯繫方式，就掛了電話。

收起電話，劉嘯才突然想起來，剛才雷城賽事組委會的新聞發布會突然中斷，不會是和這網路故障有關係吧。

劉嘯一向是後知後覺，他剛才沒往這方面想，直播中斷，一般都是在信號傳遞上出了故障，而延遲直播中斷，則大多是因為現場發生了意外狀況，但很少是因為網路問題導致直播中斷的。

不過現在這麼一想，劉嘯也覺得自己的這個猜測大有可能，不然怎麼會這麼巧呢，那邊直播突然中斷，這邊組委會就找到了軟盟，而且還這麼急。

「機會啊！」劉嘯這麼想，就興奮了起來，一捏拳頭跑了出去，朝著正準備往自己辦公室走去的商越喊道：「商越，馬上挑幾個網路故障分析專家出來，帶上傢伙，我們去雷城！」

又朝門口的接待美眉喊道：「快幫我訂去雷城的機票，要今天下午的，沒有就換火車票，今天下午必須出發！」

一行人什麼也沒準備，就帶了檢測的各式工具，匆匆趕往了雷城。

第五章　趁火打劫

「我明白了！」顧振東笑說，「你這是趁火打劫啊，先讓雙方一邊倒，最後又讓雙方回到之前的相持局面。」

劉嘯聳肩，「我這也是被逼的啊，我是想好好跟他們做生意，可他們不肯坐下來談，非得按照他們的規矩來！」

下午天快黑時，一行人抵達雷城，賽事組委會的人已經等在機場外面。

「歡迎你們，你們來得太及時了！」來接待劉嘯他們的，正是之前打電話到軟盟的人，姓王，叫做王興業，看見劉嘯他們，王興業非常高興，馬上過來，指揮人接過劉嘯一行人手裏的設備。

「王先生，」劉嘯指著商越道，「這是我們的技術總監，商越女士，我們這次可是把最好的專家都調過來了！」

「你好你好！」王興業和商越握了手，然後道：「是這樣，現在時間不早了，咱們先吃飯，我順便把情況給你們解說一下。晚上可能要麻煩你們加班了，我們希望儘快找到事故的原因，然後拿出一個方案，預防事故再次發生！現在距離賽事開幕已經沒有多少時間了，沒辦法，難為諸位了！」

「沒事，我們可以理解！」劉嘯笑道，「辦好這個賽事，不光是雷城的事，也是我們所有國人的期待！」

「理解就好，理解就好！」王興業一伸手，「來，大家都上車吧！」

機場出口停了一輛大巴，王興業的人正在把設備小心搬進車裏。

王興業領著眾人上了車，就坐在劉嘯身旁，等車子開動，他就開始給劉嘯說明著情況，「我就不隱瞞了，這次的網路事故非常嚴重！」

「哦？」劉嘯看著對方。

「中午我們組委會召開新聞發布會，進行現場直播，發布會剛開始幾分鐘，賽會提供給各國記者使用的無線及有線網路突然爆發了病毒，導致發布會現場一片混亂，無法正常進行，只得中斷了直播，好在電視臺在傳播信號的時候延遲了十秒，怕的就是出問題，果然還是出了問題！」王興業嘆著氣，「比賽的時候，是不能延遲的，必須第一時間把信號傳遞給所有的觀眾，所以我們很擔心，如果那時候再出現類似事故，那可就……」

「你也不用太擔心！」劉嘯笑著，「我們會儘快找出爆發病毒的原因在哪裡，然後再根據賽會的網路結構，提供一份完美的安全方案，你看這樣如何？」

「那當然最好不過了！」王興業趕緊點頭。

「之前賽會的網路安全工作是哪家做的，他們對今天的事故有沒有一個結論？」劉嘯問道。

一般這種大型賽會，會有專門的安全公司來負責，比如劉晨就曾說過奧運會的安全近兩屆都是由ＯＴＥ負責，像這樣突然的病毒爆發，是機率很小的。

「是我們雷城市府的一個合作單位，通過競標拿下了賽會的網路安全專案，現在出了這麼大紕漏，我們已經和他們解約了！」王興業看著劉嘯，「市府和組委會的意思，是希望大賽期間，能由你們來負責賽會的網路安全工作，你看這個沒有問題吧？」

劉嘯一咬牙，「這個要等我實際考察了你們的現有網路狀況才能決定！」劉嘯倒不是不願意接這個攤子，只是照王興業這麼說，能夠把這麼重要的工作隨意交給市府的一個合作單位去做，恐怕賽會之前在這方面的工作是一塌糊塗的，自己接手倒是不怕，就怕時間來不及。

王興業沒有得到劉嘯的肯定答覆，顯得有些失望，不過隨即又換上笑容，道：「沒事，我相信你們肯定能拿下這個項目，軟盟是國內最好的安全企業，最近更是在國際上聲名鵲起，如果連你們都不敢接的話，那估計就真的沒人敢接了。」

劉嘯說：「王先生太客氣了！」心裏卻不以為然，現在出事了，才想起找軟盟當救火隊長，把軟盟說得那麼好，當時怎麼連個競標通知都沒給軟盟呢！

雷城的賽會在接待軟盟一行人上，可謂是下足血本，雷城最好的五星級酒店，每人一個套間，眾人一下車，房卡就發到了每個人的手上，可惜的是沒時間去休息。王興業直接帶著眾人就去了飯廳，為了節省時間，這頓接風晚宴就很簡單，但檔次卻很高。

眾人一路顛簸，倒是真有些餓了，風捲殘雲就把桌上的食物一掃而空。看看大家都差不多吃飽了，劉嘯就簡單地把情況作了說明。眾人一聽，輕鬆不少，只是病毒的話，今天晚上應該就可以找到原因。

「王先生！」劉嘯看著王興業，「麻煩你把賽會網路的資料交給我們，我們好安排一下接下來的工作！」

「啊？」王興業一拍大腿，「我就說怎麼老覺得少了點什麼，我忘了向他們要這方面的資料了！」

王興業慌忙站起來，吩咐著自己的人，「你趕緊去聯繫，馬上讓他們把所有網路方面的資料移交過來！」

王興業的人一邊掏電話，一邊匆匆忙忙出去了，劉嘯這下可傻了，這樣的大型賽事，動用的電腦設備上萬台，沒有資料和圖紙，這可真要了自己的老命。

「劉總，你看現在怎麼辦呢？」王興業也沒招了，現在可是耽誤不起時間啊！

劉嘯皺眉道：「這樣吧，你找幾個參與過網路架設的人，或者是熟悉網路結構的人過來，我們一邊先進行工作，一邊等著資料移交過來！」

「好，就照你說的辦！」王興業連忙點頭，「我這就安排！」

「好！」劉嘯拍了拍手，示意自己的人動作著，「咱們開工了！」

一行人出了飯廳，重新坐上大巴，奔赴賽會的新聞、網路中心。

軟盟這次來的人，都是非常有經驗的，到達現場後，不用劉嘯吩咐，就自動分為三組，第一組負責提取電腦中的病毒，分析病毒特性，尋找清除病毒的方法；第二組在工作人員的帶領下，切斷了網路的關鍵節點，一邊梳理網路結構，一邊開始排查病毒的影響範圍，試圖從物理層面上找到病毒爆發的源頭；第三組則是從軟層次開始資料分析，尋找病毒爆發的源頭。

劉嘯打電話給李易成，從他的公司裏也調來了幾名病毒專家，這大大加快了工作的進度，病毒的特性很快就弄清楚了。

「這是一次有預謀的病毒襲擊！」李易成親自上陣，很快做出了結論。

「你沒有弄錯？」王興業睜大了眼睛，顯然不相信今天的病毒攻擊是有預謀的。

李易成搖頭，「這是一種新病毒，之前從未見過，和主流的病毒也完全不同，主流病毒的目的性是非常強的，他們開啟後門、下載木馬、盜竊機密，但這種病毒明顯沒有明確的目的，它的最大特點就是攻擊性強，它利用系統的漏洞迅速傳播，感染之後不進行任何破壞，只是吞噬系統的資源，短時間內讓CPU負載達到滿負荷，造成電腦當機！」

王興業不懂這些，只是問道：「那你說是誰幹的啊？」

李易成看了看那邊還在做分析的技術員，道：「現在還不知道，等一會兒分析結果出來，就可以確定了！」

「那病毒能清掉嗎？」王興業又問道，「過幾天會有幾場測試賽開打，這網路可不能一直這麼癱瘓著啊！」

「那沒有問題！」李易成點頭，「我們已經開始在清除了，就是受感染的數量太大，需要一點時間！」

王興業是乾著急沒辦法，只好放棄了繼續追問，只要能先把病毒清理掉，以後的事或許就好辦了！

時間到了深夜，第二組員工終於把整個賽會的網路結構摸了個差不多，拿著整理出來的資料走了過來，「劉總，你看看，這是簡單的網路結構圖！」

劉嘯接過來，「發現什麼問題沒？」

「問題太多了！」員工鎖著眉，「都不知道該從哪裡說起！」

「揀重點說！」劉嘯翻著那些圖說。

「主次不分，結構混亂，整個網路設計得非常不合理！」員工撇著嘴，「如果僅僅是要求這些電腦正常運轉，那這個結構也就湊合了，但要是想支撐起整個賽事的轉播，我看有點困難！」

「說具體點！」劉嘯也皺了眉，果然和自己猜測得沒有錯。

「我們在賽會的所有網路中，都發現了病毒的影子，這就是說，病毒輕易就從一個點發散到了整個網路，這個問題是最嚴重的。我們查看過了，賽會提供了許多供媒體記者使用的網路埠，通過這些埠，可以輕易訪問到網路中的任何一個終端，包括新聞中心、即時資料中心，甚至是比賽時用於輔助、協調的電腦。」軟盟的員工直搖頭，「到時候只要有一個有心人，就能把整個網路搞得天翻地覆，搞亂比賽資料都還不是最嚴重的！」

劉嘯抬手示意自己的人不要再說下去了，因為旁邊王興業的臉已經變成了鍋底，烏黑一片，估計是氣得不輕。

剛好此時王興業派出去的人趕了回來，手裏捏著一個檔案袋，道：「王主任，這是他們交來的網路資料。」

王興業一指劉嘯，那人就把文件袋遞到了劉嘯手裏。劉嘯拆開一看，不禁傻眼，只有寥寥數頁，還沒自己員工這會兒工夫統計出來的詳細呢。

王興業也看到了，對著自己手下喝道：「你就要來這幾張破紙？沒別的了？」

「沒……沒了！」那人被嚇了一跳，說話都有些結巴，「他們說就這些！」

劉嘯此時也是忍不住罵了一聲，對方實在是太沒有職業道德了，既然接了這個活，至少也得在表面上讓人看得過去啊，這都是什麼狗屁公司啊！

「再去要！」王興業也火了，「把所有的資料都給我搬來，搬不動就用車拉！」

「好，我這就去！」那人沒辦法，只好轉身又往外走。

劉嘯懶得再說什麼，對手下吩咐道：「就根據他們目前的這個網路狀況，你們拿出個可行的改造方案來，唯一的要求就是施工時間不能太久，而且安全性必須保證按照大賽的要求來！」

那員工撓了撓頭，皺著眉，「我試試吧！」說完，從劉嘯手裏又把所有的資料接過去，到一邊忙去了。

「劉總！」王興業看著劉嘯，「你看現在這事怎麼辦才好？」他現在可是真慌了，劉嘯就是他的救命稻草。

「沒什麼好辦法，只能是一點點梳理了！」劉嘯皺著眉，「你們之前找的那家公司我看就是個草包公司，根本就沒有做這種大型網路的經驗，都還沒那些專門做網路的公司專業！」劉嘯很生氣，就是當年牛蓬恩公司的那幾個技術員，也都知道不能這麼搞！

「這時間上能不能來得及啊！」王興業又是嘆氣又是跺腳。

「這得看問題到底有多少！」劉嘯很不樂觀，剛才自己的人還只是說了個最嚴重的問題，估計其他的問題也不少。

「這可怎麼辦！」王興業原地踱著圈，「當初只看到所有的電腦都運行起來了，網路也通了，誰知道裏面還有這些個道道啊！」

劉嘯此時突然想起了ＯＴＥ，道：「我想有一個公司可以解決你們的這個難題！」

「誰？」王興業一把抓住劉嘯的胳膊，「你說，我現在就去找他們！」

「我不能確定人家是不是願意接你這個項目！」劉嘯一咬牙，「我幫你先聯繫一下吧！」

劉嘯之所以不樂觀，是因為軟盟在這方面也沒有經驗，並不知道賽會的網路具體都有哪些要求，而ＯＴＥ連奧運會這種全球最大的體育賽事都搞過，在這方面應該是經驗豐富，讓ＯＴＥ來做，應該是非常有把握的。

「那就拜託你了！」王興業看著劉嘯，「你現在就聯繫一下吧？」

劉嘯看了看表，「現在都已經是半夜了，不太好吧！」不過又看王興業就這一會兒工夫，急得嘴上都起泡了，劉嘯實在不忍看他那期待的眼神，便硬著頭皮道：「那我就打個電話問問吧！」

電話響了好半天，終於通了，那邊文清說話的聲音，一聽就是剛被吵醒，「哦，劉嘯啊，半夜打電話來，有急事？」

劉嘯趕緊說道：「不好意思，實在是事情緊急，不然也不會半夜打攪你，抱歉抱歉！」

「已經都醒了，你有什麼事就說吧！」文清清醒了一些，笑說。

「是這樣，雷城兩個月後要舉行一項大的國際體育賽事，今天他們的賽會網路卻爆發了病毒，找我們來解決，結果發現整個網路存在很嚴重的問題，估計是一個草包公司做的，根本就不能勝任賽事的要求。」劉嘯頓了頓，「現在他們的負責人很著急，因為過幾天就有一連串的測試賽要開賽了，我想問問，你們有沒有興趣接手這個項目！」

「多少台終端網路？」文清問。

「一萬多台吧！」劉嘯回答。

文清「哦」了一聲，「倒不算是太大，做是沒有問題，只是時間上有點緊，最近我們手上的項目很多，而且我還得盯著封明這邊的籌建工作！」

文清這麼說，顯然是不想接這個工作。

旁邊王興業一看劉嘯的臉，就知道結果不妙，趕緊對著電話道：「酬勞可以談，多少都能談！」

劉嘯笑著：「他們組委會說酬勞可以從優，你再考慮一下。」

文清是想拒絕，但又覺得駁了劉嘯的面子不好，畢竟人家是好意，半夜打電話來，是給自己介紹個大項目，而且在封明的籌建還有很多地方要用到劉嘯的人脈，於是就道：

「那這樣吧，十億，十天幫他們搞定，只是我們到時候不會再另外派人來盯場，實在沒有人手，也沒有時間！」文清這麼說，是想用高價把雷城的組委會嚇跑，這樣就不算是駁劉嘯的面子。

劉嘯把文清開出的價格告訴王興業。王興業聽了一跳腳，「十億？」顯然他無法接受這個價格，不過隨後又道：「好，只要他們能在十天搞定，十億就十億！」

這倒是把劉嘯嚇了一跳，這王興業到底不是花自己的錢，一出手就是十億，眼睛都不眨一下的，有這筆冤枉錢，早幹嘛去了。

劉嘯不禁想起了那些地方政府在購買軟盟產品上那磨磨嘰嘰的糾纏勁，你們就是拿出十分之一的錢購買軟盟的產品，今天的事也不會發生。

劉嘯很鬱悶，把王興業的決定告訴文清。

文清也是愣了片刻，沒想到對方竟會答應，這下也由不得他再說什麼了，道：「那行，天一亮，我們的人就過去。」

文清也很鬱悶，當下也沒再說什麼，和劉嘯客氣兩句，就掛了電話。

「劉總！」此時有人喊著劉嘯，「病毒的源頭查清楚了！」

「過去看看吧！」劉嘯招呼一下王興業，就往那邊走了過去。

「什麼情況？」劉嘯走過去，看著那人的電腦。

「病毒是從新聞中心大樓開始散播的，根據病毒的感染情況，我們判斷最先感染的，是這個網路！」那人指著螢幕上的一串代碼和一個圖示，「我們對這個網路裏幾個電腦上的資料做了一些分析，最後確定了爆發源應該是這個終端！」

「好，馬上去查！」劉嘯看著王興業，「把你們的人叫來，看看這個網路在哪裡？」

王興業一招手，上來一個技術員，一看那代碼和位置，道：「這就是今天新聞發布會的那個大廳！」

這和劉嘯事先估計的差不多，眾人在王興業的帶領下，就到了今天那個新聞發布會的現場。現場整齊擺放著十幾排椅子，每個椅子的下面都有一個網路介面，是那種可以伸縮捲曲的網路線，拉上來就可以插在電腦上。大廳的四周，還擺放有十幾台電腦，是供那些沒有帶電腦的記者免費使用，可以快速發送一些現成的圖片、聲音、文字等資訊。

技術員指著其中的一台電腦道：「就是這台！病毒就是被人從這裏釋放出去的！」

「現場有監視器嗎？」劉嘯問道。

「有！」王興業點頭，「咱們到控制中心去，我馬上叫人把中午的影像資料調出來！」

眾人又來到控制中心，卻發現這裏的工作人員都在那乾坐著，這裏的電腦也中毒了，無法正常運行，他們正等著軟盟和易成軟體的人過來解決。

劉嘯拿出防毒程式，將感染的病毒清除掉，工作人員這才上前，調出中午發布會時的現場影像，眾人的眼睛都盯著剛才確定的那台電腦。

發布會開始後不久，就有個人走了進來，戴著帽子，看不見臉，那人走到電腦前，從兜裏掏出一個硬碟一樣的東西，插到電腦上，敲擊了幾下鍵盤，便拔走硬碟，然後拉低帽子，站在了會場的人群後面。沒多久，會場便開始騷亂，許多記者手裏的電腦開始崩潰，發布會只好終止。

劉嘯看了一下時間，從對方拔出硬碟到病毒大規模爆發，只用了不到兩分鐘時間，可見這個病毒的傳播能力有多強。

「看來就是這個人了，你們在記者入場登記表上，應該查得出這個人是誰！」

王興業很憤怒，「他為什麼要這麼做，我們哪裡得罪他了？」

劉嘯嘆了口氣，人家有理由也不會讓你知道的，「那我就不知道了，不過對方既然選擇在你們的首場發布會上動手，就是要故意讓你們出醜，他應該和你們打過交道，而且這個人之前應該還接觸過你們的網路，熟悉你們的網路結構。」

「馬上去查！」王興業對著自己手下吩咐道，「一定要把他查出來！」

劉嘯對此並不抱什麼希望，道：「這個硬碟上是我們設計的病毒清除程式，你拿去複製幾份，我看今天好多媒體記者的電腦都被感染了，你把這個程式給他們送過去，多少還能挽回一些影響！」

「太感謝你了！」王興業小心地從劉嘯手裏接過硬碟，「我這就去辦！」

劉嘯嘆了口氣，繼續清查剩餘的中毒電腦，估計自己今天晚上是無法睡覺了，只是希望ＯＴＥ能早點過來，劉嘯現在倒是非常想看看ＯＴＥ如何在一天之內把這紊亂如麻的網路梳理順當，讓它恢復運作。

眾人熬了一宿，終於在天快亮的時候，把所有感染了病毒的電腦處理完了。

為防萬一，眾人又對部分的網路進行單獨運行，以測試病毒是否真的被清理乾淨，半個小時候，再無病毒爆發情況發生，劉嘯這才宣布：「好，病毒已經被全部清除了！」

王興業此時也是累得夠嗆，哪裡有事，都得他過去協調，這一晚上跑下來，簡直要了半條命。

「大家辛苦了，我叫人送大家回酒店，大家就趕緊休息吧！」

「病毒是清理了，不過我還得提醒你！」劉嘯看著王興業，「防毒軟體和反入侵的防火牆，這都是必須安裝的，就算是不再有類似事件發生，為了以防萬一，你們也必須得裝上！」

「是是是，之前是我們考慮不周啊！」王興業連連點頭，「我已經決定了，就向你們軟盟購買這些安全產品，一會兒等大家休息好了，估計還得麻煩你們呢。」

劉嘯擺了擺手，「這個等OTE來了再說吧，說不定他們的方案中已經包括了這部分。」

「那好，那好！」王興業應著，「那就等OTE的人過來，大家一起決定！」

從賽會的網路中心到酒店，只有不到半個小時車程，眾人一上車，就各自靠著椅子昏睡了過去，因為實在太累了，王興業坐著睡都還能發出鼾聲來。

到了酒店門口，司機把眾人一一叫醒，劉嘯揉著因睡眠不足而發痛的額頭下車，就看見站在酒店門口的顧振東，於是快走幾步，上前道：「顧總你怎麼過來了？」

顧振東笑說：「一早起來聽說你們到雷城，我估計你們那邊也快忙完了，就在酒店等你們。」顧振東朝軟盟的其他員工招手，「來，大家趕緊洗洗吃飯，我已經讓酒店準備好早飯了！」

劉嘯笑著，這顧振東可真是客氣，明明有人接待，他還非要再準備早飯，劉嘯無奈，只得客氣地說：「那我就謝謝顧總，走，一起吃吧！」

此時王興業才下了車，也看見了顧振東，顧振東的臉可說是雷城的一張名片，他哪能不認識，於是趕緊跑過來，「顧總，你怎麼也過來了？」

顧振東回頭看見王興業，道：「是王主任啊，來來來，一起來吃早飯！」

王興業倒也不客氣，道了聲謝，就陪著劉嘯和顧振東走了進去。

一幫人迅速扒完飯，就各自回房睡覺去了。偌大的飯廳就剩下劉嘯、顧振東和王興業。

顧振東看王興業睏得直打呵欠，就笑道：「怎麼樣？我當初就說你們把這項目交給華興會後患無窮的，現在應驗了吧。呵呵，要是你們把項目交給華維去做，哪裡會出這種事！」

王興業苦笑著搖頭，「顧總就別笑話我了，你也知道，我這也是身不由己，當初你們華維、華興兩家競標，我也沒想到會是華興得標！」

顧振東冷哼一聲，道：「華興不過是個皮包公司，他們的那些施工資格證明，有哪一個是經得過檢驗的？」

劉嘯從兩人的對話裏，知道負責網路架設的是一家叫做華興的公司，不禁嘟囔道：「他們連皮包公司都算不上，簡直就是個草包，網路弄得一塌糊塗，幸虧是問題出得早，要是等到賽會開始，什麼問題都有可能發生！」

王興業皺著眉，「沒那麼嚴重吧。」王興業不想劉嘯把事情說得那麼嚴重。

「怎麼不會！」劉嘯瞪著王興業，「發布會的影像你也看了，那人就是故意來找你麻煩的，只一個小小病毒，就讓你們束手無策，好在你們這次延後直播，才不至於出什麼醜，可等賽會一開始，就不能延了，你說會發生什麼事？」

王興業傻了，閉嘴不說話，他也是納悶，那人到底想幹啥，到底雷城哪裡得罪他了！

「是有人故意的？」顧振東也是有些意外，「那就防不勝防了，你們現在拿出個方案沒？」

「賽會馬上就要開始，在這麼短時間內要把這網路理順，我們軟盟確實是有些力不從心，現在這個網路重改的任務已經被OTE接下來了，他們的人估計今天就能到！」

「OTE？」顧振東思索著，「這個名字有點熟，好像聽誰說起過！」

顧振東看來對去封明發展並不上心，所以到現在還不太瞭解OTE，只是很奇怪，劉嘯都不敢接的事，OTE一個不太出名的公司怎麼敢接。

「OTE的實力我是知道的，他們敢接下這個活，就肯定有辦法弄好！」劉嘯笑著，

「哦，是這樣啊！」顧振東點了點頭，既然劉嘯敢下這個保證，那就說明OTE還是有一套的，「對了，你們軟盟的產品最近價格怎麼老是調來調去的，特別是國內的售價，一下就翻了好幾倍！」

劉嘯撓了撓頭，笑著：「沒辦法，利潤太薄了，總得給我們在國內的那

些代理商一口飯吃吧！」

王興業一看，就知道顧振東是過來談事的，這種混跡官場的人，察言觀色的能力是最強的，於是起身告辭，道：「您二位先聊，我還有一些事需要安排，就先告辭了！」

兩人也沒攔，客氣了兩句，就送走了王興業。

等他一走，顧振東接著問道：「那也不用一下調那麼猛吧，我聽說有很多人退訂，怎麼回事？」

「一言難盡！」劉嘯苦笑，「其實那些人本來就沒打算訂我們的產品，是在和我們耍手段。」

「到底怎麼回事？」顧振東對劉嘯這句話感到很困惑。

劉嘯便把那些海外機構怎麼樣內外夾攻、軟硬兼施來對付軟盟的過程簡單給顧振東描述了一下，末了道：「你放心吧，他們這麼大費周章，就說明我們的產品是大有市場的，只要熬過這段時間，估計銷量會有大突破！」

劉嘯又嘆氣，道：「只是國內這些地方政府的做法讓我很傷心，我不得不調整策略，由之前的先內而外轉為現在的先外後內。」

「哦！」顧振東微微頷首，「既然他們在玩手段，估計要打開海外市場，還得和他們耗上一段時間。」

劉嘯笑著，「那倒不會，和我們軟盟這樣一個小公司耗，他們會很吃虧的，和他們耗的另有其人，我猜測這兩天就會有消息。」

「哦？為什麼？」顧振東有些不解。

「是……」劉嘯正準備說斯捷科的事情，電話就響了起來，於是道：「我先接個電話！」原來是業務主管打來的。

「劉總，斯捷科的人一大早過來了！」業務主管很興奮，「他們又下了一個大單子，一萬套！」

劉嘯「哦」了一聲，並不意外，昨天商越在說駭客攻擊發生變化時，劉嘯就已經預料到了，道：「他們還說什麼沒？」

「他們本來是想見你的，結果你不在，顯得有些失望，不過他們說了，說每年可以吃進五萬套我們的產品！」

劉嘯輕輕笑了一聲，道：「好，那就好辦了，先接下他們的訂單，等我回去後再和他們簽具體的協議，以後斯捷科的訂單，都按十萬美元走！」

業務主管連連應著，「好，我這就去辦！」

劉嘯掛了電話，一臉笑意，道：「剛才正說著呢，好消息就來了，接到一個一萬套的訂單，這是個好的開始，海外市場短時間內估計就會有起色，國內的只好先放一放了！」

顧振東來了興趣，「你到底是怎麼打算的？」

「我現在的打算是先取俄羅斯，再取其他歐美市場！」劉嘯喝了口濃茶，驅散睏意，道：「前段時間的駭客大戰，現在依舊在持續，在這次駭客大戰中，那些歐美國家並非是鐵板一塊，俄羅斯和北約盟國的民間駭客形成了一種對峙局面，而且這種局面還會持續一段時間。以往都是別人給咱們耍手腕，這次我也不得不耍點手腕了，我答應低價把我們的產品出售給俄羅斯的一家貿易公司，現在他們的第一批貨已經開始在這種駭客對峙中發揮作用了，而且佔據了優勢，相信等他們的第二批貨運回國內，這種對峙局面會徹底發生變化，到那時，便會有人抻不住了，呵呵！」

顧振東明白了劉嘯的計畫，他是要利用雙方的這種對峙，凸顯出軟盟產品的優勢，一邊倒的局面不會讓對峙結束，反而會更加刺激對峙升級。

這就像是兩個拳手比賽，如果大家實力相當，那便誰也不會貿然出手，都會耐心地等待對手先露出破綻，然後一擊致命，而如果雙方實力相差懸殊的話，要麼是強勢的一方酣暢淋漓地取勝，要麼是弱勢的一方絕地反擊，但絕不會形成相持局面。

「我明白了！」顧振東笑說，「你這是趁火打劫啊，先讓雙方一邊倒，最後又讓雙方回到之前的相持局面。」

「呵呵！」劉嘯笑著聳肩，「我這也是被逼的啊，我是想好好跟他們做生意，可他們不肯坐下來談，非得按照他們的規矩來！」

「看來我也得發力了！」顧振東笑著，「我這兩天準備出去走一圈，去遊說各國的一些營運商採購策略級產品。」

「在低端市場，我們也要發力了，一切都已經準備好了，這次咱們就給他來個一鍋端！」劉嘯呵呵笑著，「我看他們還敢不敢繼續玩他們的規則！」

「好好好！」顧振東非常高興，「我早就期待著這一天了，這一天可比我想像中要來得早一些啊！」

「對了，景程大哥這次從海城回來，有沒有跟你說我的那個計畫？」劉嘯問。

「說了，你那個項目實在是太大，我正在讓下面的人做技術分析呢，看看華維有沒有這方面的硬體研發實力，這對我們是個挑戰啊！」顧振東笑道，「不過還是你說得對，要做就得做有前瞻性的東西，不能老跟在別人屁股後面。」

劉嘯正要說什麼，他的手機又響了起來，劉嘯趕緊又拿起來，一看，是文清打過來的，就接了起來，「文清大哥！」

「劉嘯，你在哪裡呢？」文清那邊的聲音有點嘈雜，「我已經到你說的那個賽會的新聞大樓下面了！」

「啊？」劉嘯沒想到文清的速度會這麼快，於是道：「我現在馬上就趕過去，你在那裏等我就是了！」

「好好好，你快一點啊！」文清說完，就掛了電話。

「顧總，ＯＴＥ的人來了，我得先過去看一下！」劉嘯又趕緊撥了王興業的電話，「王先生，你現在在哪？我在酒店樓下等你，咱們快去賽會新聞中心，ＯＴＥ的人已經到了！」

「正好我的車在外面，我送你們過去吧！」顧振東站了起來，「我也想去賽會中心看看，看看華興把那裏的網路搞成什麼樣子了！」

劉嘯也不客氣，兩人便朝酒店樓下走去。

第六章　救命稻草

看見劉嘯過來，王興業像是抓住了一根救命稻草，趕緊擠出人群，「劉總，你可算來了！」王興業的表情，就像看見了親人一樣，「快快快，你比較在行，你幫幫我，他們說的東西我很多都不懂！」

劉嘯邊走邊問道：「那個華興是個什麼樣的公司啊？」

「唉……」顧振東嘆了口氣，「他們有點政府背景，可是辦事太不牢靠，這次的賽會網路建設，華興本來是不能參加競標的，因為他們之前根本沒有搞過網路這塊，也不知道他們從哪裡搞來了一個網路建設資格證明，硬是擠了進來，後來競拍價又剛好和底標一致，才拿下了這個項目。可他們哪會搞這個，項目到手之後，就轉包給市裡一家小公司去做。」顧振東說，「說實話，我現在是抱著看笑話的心思去賽會中心轉轉的！」

劉嘯無語，搖著頭，他還真替華維叫屈，國內的老大竟然爭不過一個草包公司。

樓下等了一會兒，王興業才匆匆下來，兩眼通紅，連打呵欠，估計是剛睡下就被劉嘯給叫起來了。

三人到達賽會的新聞中心大樓，樓下停著一輛車，文清靠在車旁，看見劉嘯，擺了擺手，順手拿起車上放著的一疊文件。

「這位就是OTE在中國的負責人，文清先生！」劉嘯趕緊介紹說，然後又道：「這位是華維的總裁，顧振東先生。這位王興業先生，是賽事組委會的負責人。」

「你好，你好！」文清很客氣地和顧振東、王興業一握手，然後道：「我看大家還是抓緊時間吧，我還有很多項目要做，你們也馬上要舉行測試賽了，都耽誤不起！這是我帶來的合同，你請過目一下，如果沒有問題，咱們就在這簽一簽，等訂金一到，我們就開工！」說著，文清把手裏的文件遞了過來，原來是合同。

文清看起來文質彬彬的，可總能讓人感覺到他那股ＯＴＥ人才有的自信和驕傲。王興業就有點不爽地道：「文先生不用去看一看網路的現有狀況再做決定嗎？」言下之意是說ＯＴＥ有可能拿不下這個項目。

「沒有這個必要吧？我覺得看不看都一樣！」文清搖頭，「你就是什麼都沒有，只要給錢，我們也能在十天內給你解決！」

王興業當下就火大了，他從沒見過在自己面前敢這麼拽的，這網路可是搞了半年多才建好的，對方竟然敢說十天就能搞定，他當下哼了一聲，「還是看看再決定吧，最好你們能先拿出個方案來！」

文清的笑容立時僵在了臉上，他本來就沒打算接這個案子，此時一看自己伸出去的合同沒人肯接，就悶悶地收了回去，準備轉身走人了。

劉嘯趕緊攔住文清，笑著道：「憑ＯＴＥ的實力，根本用不著這套，這都怪我，沒先跟他們說清楚！」

文清看劉嘯這麼說，不好再執意要走，就站住了腳。

「這就對了，你看你人都來了，總不能白跑一趟吧，既來之則安之嘛！呵呵！」劉嘯轉身對王興業問道：「現在拿方案還來得及嗎？你還有幾天能耽擱？」

王興業不說話了，心裏還是很不爽，便不置可否，沒有表明態度。

劉嘯這下也有些生氣了，道：「我這麼說吧，現在不管你去請誰來，都不可能幫你解決這個難題，只有ＯＴＥ才有這個實力，你要是相信我的話，就痛痛快快簽了合同。要是不信，那你愛找誰找誰去！」

在訂購產品的事上，劉嘯本來就對這些地方政府有意見，昨天要不是看王興業著急成那個樣子，他肯定不會介紹ＯＴＥ來的，明明都已經說好的事，現在又要人家拿個方案出來，這不是給自己找事嗎！

顧振東本來就是看熱鬧來的，現在一看劉嘯也急了，這熱鬧就看不下去了，便湊到王興業耳邊道：「王主任啊，你認為你自己比劉嘯更懂得這行，還是你認為自己比劉嘯更專業呢？」

顧振東這話，猶如一盆涼水從頭澆下，王興業徹底清醒，現在可是自己有求於人，萬一真惹惱了劉嘯，連帶著ＯＴＥ都拍屁股走人了，自己可就麻煩了。

王興業咳了兩聲，清清嗓子，又換了上一副笑臉，「你看你，著急了吧，我剛才那麼說也沒有別的意思，只是職責所在，要做得慎重一些嘛！」

王興業笑呵呵地看著劉嘯，「既然你都這麼說了，那我就沒什麼意見了，畢竟你是這方面的專家，你怎麼說，我就怎麼做便是了！」

王興業先把責任往劉嘯身上推去一半，萬一到時候ＯＴＥ搞砸了，自己也好有個說辭。

劉嘯聽出這個意思，臉色就有所緩和。

王興業走到文清面前，道：「文先生，你現在是我的救火隊長，我們雷城能不能成功辦好這次的賽事，就全仰仗你了。」

文清也沒說啥，就把那合同往前一遞，讓王興業簽字。王興業接了過來，準備簽字。

「協議的條款你最好還是看清楚，簽字之後要立付酬金的三成作為定金，否則我們不會開工！工期結束後二十四小時之內，剩餘的所有酬金必須全部支付，否則我們不能保證交付的工程不會出問題！」文清頓了頓，「還有，一旦開工，你們必須有一個有許可權的負責人二十四小時盯在現場，負責協調和後勤保障，要是因為這方面出問題而延誤了工期，每延誤一天，你們要多支付一億的賠償金給我們！」

「呃？」此話一出，不光是王興業傻了，就連顧振東也傻了，怎麼還有這一條條款？以往延誤工期，都是施工的承建單位要負責賠償的，怎麼現在卻反了過來，工期耽誤了，施工單位非但沒事，招標單位反倒要賠給承建單位一筆錢。

天下要是有這好事，不是所有的施工單位都要去磨洋工了嗎，不用幹活，也照樣有賠償金拿，那還不天天躺在工地上睡覺了嗎。只有劉嘯絲毫不感驚訝，他對於ＯＴＥ的辦事風格早已經是見怪不怪了，如果ＯＴＥ不這麼辦，劉嘯倒覺得那不是ＯＴＥ了。

「你如果覺得無法接受的話，可以不簽！」文清還是那個慢條斯理的口氣，卻讓王興業覺得這個條款是不能更改的，是ＯＴＥ的底限。

王興業難住了，他也不傻，簽下這麼一條協議，就相當於是把自己綁架了啊，再說，對組委會也交代不過去啊！

文清看了看表，「我只能給你十分鐘時間考慮！」

顧振東商海漂浮幾十年，今天算是開了眼，自己的華維算是夠囂張了吧，在雷城打個噴嚏，就得下場毛毛雨，可也沒囂張到人家ＯＴＥ這份上。看人家這架勢，這氣派，似乎是肯過來給你幹活，已經是給足你面子了。

這還只是一個中國區的負責人，要是換了總部的頭，還不定囂張到什麼地步呢。生意做到這個份上，那還有啥可說的，只是不知道這ＯＴＥ是不是故意裝腔作勢呢？顧振東側頭看著劉嘯，劉嘯認識ＯＴＥ，他想看看劉嘯的態度。

那邊王興業也把目光投向了劉嘯，如此條件，他很難簽字的。

文清把兩人的表情看在了眼裏，道：「如果這個項目能在九天內完成，我們就絕不會拖到第十天，因為多耽擱一天，對我們來說，就是一筆大大的損失。ＯＴＥ從來就不缺項目做，我們有固定的客戶，每天的工作日程都排得滿滿的，像這種小項目，如果不是劉嘯打電話給我的話，就算是開再多的價錢，我們也是不會接的。」

這下連顧振東都不信了，先不說這個項目大小如何，他就不信每天給你一億，你還會有多大損失，要真是這樣，那ＯＴＥ接的還叫項目嗎，你就是開印鈔廠的，也沒那麼玄乎吧？

可令兩人意外的是，劉嘯竟然點了點頭，表示自己相信文清所說的都是真話。

劉嘯沒法不信啊，敢以一平米一萬美金的價格往自己樓上貼玻璃的，除了ＯＴＥ，劉嘯沒再見過第二家。

這還只是個外牆玻璃，其他的更是離譜，ＯＴＥ在封明的那座大樓，雖然不是全球海拔最高的大樓，但一定是全球造價最高的大樓了，從他們花錢的氣魄上，就能知道他們賺錢的能力有多強。再說，當年張氏的項目，要不是有踏雪無痕的關係，肯定是接不上的，要知道，那也是個上億的項目。

劉嘯看著王興業，「我無法替你抉擇，簽不簽還得你自己看著辦。不過我可以告訴你一件事，ＯＴＥ的品牌和實力，大到了你無法想像，你們的這個項目，對我們軟盟來說，肯定是個超大項目，但在ＯＴＥ眼裏，卻不是什麼大項目。」

王興業這下糗了，簽也不是，不簽也不是，自己根本就沒聽過ＯＴＥ，僅憑劉嘯一句話，就簽了這種「綁票」協議，風險太大；可要是不簽，到時候耽擱了賽事的舉辦日期，自己也得玩完。

顧振東看出了王興業的為難，道：「我和ＯＴＥ也沒接觸，但我對劉嘯非常瞭解，這種事情上，他不會亂說的。事到如今，你也只有搏一把了，十億你都花出去了，還怕擔這點風險嗎？」

王興業讓顧振東這麼一說，頓時膽氣往上升，一咬牙，道：「好，我簽！」說完，刷刷幾筆在協議上簽了自己的名字。

文清面無表情，接過王興業簽好的協議，確認無誤，又遞給王興業一份，道：「那你就抓緊吧，等訂金到賬後，我們的人就會全面接手。另外，協議的後面有一張附表，你對照一下，如果你們之前已經採購過了，就不用再採購了，沒有採購的，必須在四十八小時內全部運抵。」

王興業點頭，道：「你放心吧，我這邊不會有問題，你要的東西我們全部按時按量運抵，就看你能不能十天內搞定這個項目了！」聽這話的意思，王興業是和文清飆上了。

文清淡淡一笑，「OTE不會讓你失望的！」說完看著劉嘯，道：「我得去安排一下人手調度，就先告辭了，等把這些弄好了，咱們再找機會好好聊聊！」

文清說完鑽進自己車裏，很快駛離了現場。

「顧總，你還到裏面去看嗎？」劉嘯看顧振東看著文清消失的方向有些出神，開口問道。

「哦！」顧振東回過神來，「劉嘯，這個ＯＴＥ到底是幹什麼的，說話做派，好像天底下就沒有他們辦不到的事！」

「您真該去封明看一看，ＯＴＥ的總部準備搬到封明，現在剛剛破土動工，你去看看他們地基周圍都有哪些企業圍著，就知道ＯＴＥ的影響力有多大了！」劉嘯笑著。

「上次在海城，熊老弟倒是勸我去封明看看，我這一忙就給忘了，看來我真得去看看了！」顧振東讓劉嘯的說法給勾起了興趣，他倒要看看有什麼企業圍在了ＯＴＥ的四周。

「我陪你進去轉轉吧！」劉嘯一伸手，準備帶顧振東到裏面看看，他現在對裏面挺熟了。

「好！」顧振東點著頭，就要和劉嘯進去。

「兩位，兩位！」王興業快步來到兩位面前，攔住了劉嘯和顧振東，道：「您兩位還是先把這個給解決了吧！」說著，他把協議後面的附頁遞到了劉嘯面前。

「什麼？」劉嘯很納悶，怎麼還和自己有關？接過來一看，上面是個採購單，要三百件硬體防火牆，一萬兩千套企業版的軟體防火牆，以及五百套專業級的軟體防火牆，指明了要採購軟盟的策略級產品。

「顧總，你看看！」劉嘯又把單子遞給了顧振東，「上面還有一些通訊設備！」

「這些通訊設備我記得之前你們已經採購過了，是從我們華維訂的。」顧振東核對了一下數目，發現竟然和之前訂單的數目一模一樣，不由大吃一驚，這OTE的人還沒接手項目呢，就能拿出實際的採購數量，而且分毫不差，這真是太神奇了。

劉嘯「哦」了一聲，對王興業道：「好，我這就安排一下，四十八小時運抵這裏，肯定是沒有問題的！」說完一頓，「不過，你要下正式的訂單！」

王興業現在有種上當的感覺，這OTE不會是和軟盟合夥起來演戲吧，剛一接手，就要他們馬上去訂軟盟的產品?!

不過最大的虧自己已經吃了，王興業現在也不在乎多吃一個，反正成與不成，十天後就知道結果了，如果真是有人給自己耍心眼，那自己也不是吃素的，當下笑道：「事關緊急，劉總就抓緊先把這個事落實一下吧，我現在馬上著人去軟盟下訂單！」

「正事要緊，我看我今天還是不進去了！」顧振東只好放棄了看笑話的打算，道：「等你們全部改造完成後，我再過來吧！」

「招待不周啊，還請顧總見諒！」王興業把那附頁又接了過去，「這上面還有不少東西得我一一落實呢，我就失陪了！」

「行，你忙吧！」顧振東笑著擺手，示意王興業去忙，然後轉頭看著劉嘯，「咱們也回去吧，我看你也很睏了，回去你把訂單的事落實一下，趕緊休息吧！」

劉嘯確實有些睏了，當下就不再和顧振東客氣，「好吧，咱們回去！」說完兩人鑽進車子，離開了這裏。

回到酒店，劉嘯打電話到公司，把雷城的事特意囑咐了一下，然後倒頭就睡，一直睡到電話鈴聲把他吵醒，爬起來找到手機，一看，是王興業打來的，現在的時間已經是下午快天黑了。

「劉總，你起來了啊，你過來賽事中心一趟吧！」王興業說。

劉嘯有些納悶，不是所有的事都已經交給ＯＴＥ了，怎麼還叫自己過去，難道海城方面這麼快就把全部產品運到了不成，劉嘯就問道：「我們的產品到了？」

「那倒不是！」王興業說話有些吞吞吐吐，也沒把事說清楚，只是道：「你還是過來一趟吧！」

「好，我這就過去！」劉嘯只得答應下來，按了電話，起身洗了把臉，出了酒店，便搭車直奔賽事中心，一路還在猜測著到底發生了什麼事。

到了賽會中心，找到王興業時，劉嘯看OTE來了一大幫技術員，手裏拿著測試出來的各種結果，把王興業圍在中間，各個都跟訓孫子一樣訓著王興業：

「你們有沒有常識啊，這網路怎麼能這麼做？」

「你看看你們在田徑場弄的網路，發令槍響了之後，你們的電子計時器根本就沒轉，大螢幕上也不能及時顯示成績！」

「裁判用的評分電腦，竟然和賽事組委會的網路混在一塊，太不專業了！」

「你們設計的自動計分軟體還使用舊的規則，你們到底有沒有認真去即時更新啊！」……

王興業被眾人七嘴八舌地圍剿，張嘴剛想說兩句，馬上又被更多的聲音淹沒，急得腦袋上的汗都快出來了。

看見劉嘯過來，王興業像是抓住了一根救命稻草，趕緊擠出人群，「劉總，你可算來了！」王興業的表情，就像看見了親人一樣，「快快快，你比較在行，你幫幫我，他們說的東西我很多都不懂！」

「我也不懂，我對賽事更不在行！」劉嘯苦笑著搖頭。

「你好歹是網路方面的專家，他們找我來負責協調和後勤保證，我這什麼也不懂，麻煩你這幾天幫我分擔分擔，盯著點！」王興業一臉無助。

劉嘯無奈，只得對那些ＯＴＥ的技術員道：「再多問題，我想到了ＯＴＥ手裏，就都不是問題了，諸位現在埋怨也沒用了，還是趕緊想解決方案吧！」

王興業不住點頭，他叫劉嘯來，就是想讓劉嘯幫自己擋一擋，畢竟劉嘯和ＯＴＥ的人認識，他們多少會給些面子，至少說話會比較委婉一些，這些人是真沒拿自己這個主任當盤菜，這一通訓下來，自己差點就讓唾沫給淹死了。而且還不能翻臉，簽了個那個自己綁架自己的協議，主動權就算到了ＯＴＥ手裏，人家怎麼拿捏自己都行。

正說著，文清走了進來，看見劉嘯，就是一個搖頭苦笑，道：「劉嘯啊劉嘯，你這次可是把我給害死了，這網路豈止是糟糕啊，簡直就是一團亂麻，業餘到了極點，這哪裡稱得上是賽事網路，就是個大網咖而已！」

這和劉嘯第一次見識過這個網路後的想法一樣，劉嘯不禁笑了起來，「我可是第一次見你訴苦，就算是再嚴重幾倍，我想對於OTE來說，都不是問題吧！」

「對OTE沒有問題！」文清一笑，「但OTE人總有發牢騷的權利吧！」說完他一招手，對那些技術員道：「都核實清楚沒有？」

「清楚了！」那十來個技術員應著。

「好，一會兒回去後把所有情況匯總一下，然後拿出個方案，明天一早，我們的施工隊伍就過來，要讓每個人一到現場，就知道自己該做什麼！」文清吩咐道。

「知道了！」眾人再次應著。

「那就不要站在這裏發牢騷了，趕緊行動吧！」文清一擺手，那些人就走了，大概回去匯總情況去了。

看見那些人走了，王興業這才鬆了口氣，擦擦頭上的汗，道：「天不早了，兩位還沒吃晚飯吧，走，我請客！」

「不用了！」文清客氣了一句，「我還得趕回去安排接下來幾天的施工。」說完他看著劉嘯，「你在雷城會待多久？等這裏忙完，我還有件事情要和你商量！」

「劉總會待到你們做完這個項目！」王興業搶先回答。

「那行，等這個項目弄完，我再找你談！」文清不等劉嘯回答，就走了。

劉嘯十分鬱悶，原本打算產品一到就先回海城，反正這裏也沒自己什麼事，這王興業卻說自己會待到項目結束，無非是想拉住自己，給他當個擋箭牌，免得再被那些技術員亂訓。

「劉總，那咱們一起去吃個晚飯吧！」王興業笑呵呵看著劉嘯。

「不用，我剛吃完，我也先回去了，一大堆事還等著安排呢！」劉嘯悶悶地回絕了王興業，讓這狗日的陰了一把，現在走不得了。

王興業一點都不生氣，反而很高興，衝著劉嘯背影大喊：「那我明天早上去酒店接你啊！」

第二天一早，王興業果然到酒店來叫劉嘯了，劉嘯無奈，只得吩咐商越他們隨時注意海城那邊發過來的貨，然後跟著王興業去賽會中心。

到賽會中心時，劉嘯和王興業立刻就被眼前的情況給震住了，一連七八十輛豪華大巴，從賽會的新聞中心大樓下面綿延一字排開，竟是排了一兩公里長，車身上沒有任何標誌。看車牌，這些車來自全國各地，從車上下來的人都穿著統一服裝，上衣的背後，有著OTE那大大的標誌，此時這些人正從大巴車裏搬出各種器材，往新聞中心的樓前趕去。

「這得有上千人吧？」王興業從車子裏探出腦袋前後看著。

劉嘯沒說話，看車的數量，估計這些人沒有一千，也有八百了，OTE能在這麼短的時間內，從全國各地動員到一支近千人的施工隊伍，而且每個人都訓練有素，一下車就井然有序地投入到工作中，單是這份組織統籌能力，就很不簡單。

兩人來到新聞中心樓下，就看拿著器材過來的這些人，到這裏領了工單，就各自奔赴目標，開始行動。

文清此時也站在樓前，和幾個人在討論著什麼，看到兩人過來，只是微微一點頭，就算是打過了招呼。

「好，就這樣，大家分頭行動，各自去落實！」過了幾分鐘，文清那邊的討論終於結束，他走到兩人跟前，道：「你們的停車場太遠了，我們的車只能停在路邊，太耽誤事了。」

「這邊本來是要建個小停車場的，後來專家一審核，認為沒必要，就把這個小停車場給省了。」王興業道。

文清本來也沒打算討論這個問題，你就是讓他再建個停車場，也已經來不及了，於是道：「你安排一些小的動力車過來，我們有一些設備需要在幾個場館之間來回搬運。」

「好，我現在就去安排！」王興業說著，就掏出電話開始聯繫。

他能夠在組委會裏任職，辦事能力還是很不錯的，只一會兒工夫，他道：「你要的車子兩個小時後就能調來，不夠的話，我再調一些過來。」王興業又看了看浩浩蕩蕩的車龍，「你們的人，是不是也需要安排一下？」

「不用了，我們已經安排好了，你只要負責好物資調度就行了！」文清說完一頓，「好，我還有事要去忙，你們就待在新聞中心的大廳裏，有什麼事，我會讓人過來通知的。」

「好，你忙！」王興業應了一聲，就看著文清跟著一隊施工人員去了。

王興業撓撓頭，很納悶，這麼多人，ＯＴＥ竟然不用通過自己就能安排好，真是奇怪，光是這麼多的車，自己都還要發愁該怎麼安排呢。

兩人來到樓下的大廳，兩人就坐在沙發上，隨時等候著ＯＴＥ的調遣。

劉嘯坐得無聊，就問道：「王主任，你去查那個投病毒的人，有結果了沒有？」

王興業搖頭，「沒有，我已經把這件事移交到市網監大隊去查了，可他們查遍了當天所有媒體的登記記錄，卻沒有找到符合條件的。唉，沒抓到那傢伙的正面，太遺憾了。」

劉嘯應了一聲，心裏覺得很奇怪，既然查不到對方的記錄，那就更加肯定對方是早有預謀的，可這是為什麼呢，弄癱這種網路，除了會讓雷城賽事組委會稍微丟點面子之外，對於駭客本人不會有任何利益，而且對方的病毒也沒有什麼技術含量。

此時的方國坤也坐在沙發椅裏，手裏正拿著一份厚厚的報告在看，小吳坐在他旁邊喝水，等候著方國坤的意見。

過了十來分鐘，方國坤終於看完了報告，隨手把報告一放，然後便是一臉的沉思。

「頭，你看這事我們要不要插手？」小吳看著方國坤。

方國坤站起身來，「國內幾個城市的政府職能網路，在同一天遭遇到有預謀的攻擊，這事非常嚴重，只是我們還不能確定對方的目的是什麼，不好貿然插手。」

「這肯定不是民間駭客所為！」小吳說道，「也肯定不是愛沙尼亞網路攻擊事件的餘波，黃星的這份報告說得很清楚，這是一次有預謀的攻擊事件！」

「問題是他們的目的是什麼？」方國坤反問小吳，「事件的性質看起來有些嚴重，但卻沒有造成什麼大的損失，對方的攻擊意圖也很不明顯，我們不知道他們是誰，也不知道他們為什麼要這麼做！」

小吳皺著眉，「這個我也想不通，按說這種攻擊是應該有目的的，可他們就好像是純粹為了攻擊而攻擊一樣，沒有留下絲毫的線索。」

「既然這樣，那我們就不妨靜觀其變，先弄清對方的意圖再說，否則就算是要插手，你怎麼插手，往哪裡插手？」方國坤問著小吳。

小吳一癟，還真是，想插手也沒地方插手啊。

「這些地方政府發生這種事情已經不是一次兩次了，上面幾乎每年都會給他們發去紅頭文件，要他們提高自身網路的安全水準，可往往是一分錢不少花，安全性能卻不見長進。」方國坤皺著眉，「這裏面的原因錯綜複雜，不是我們插手就能解決的！」

「那黃星報告最後提到的事，您是怎麼考慮的？」小吳問道。

「我也正在琢磨呢，按道理來說，軟盟的這個多梯次安全防禦體系是非常好的，我們應該歡迎，甚至支持軟盟參與國家網路安全的建設，一來可以增加我們的技術實力，二來可以縮減政府在這方面的財政支出，我本人也是非常贊同的！」方國坤分析著，「但我們的實際情況又稍有不同，這樣的項目，以前從未有過民間組織參與，都是網監自己來做的，而且讓軟盟參與進來，就意味著有些機密的資料要跟他們共用，網監的高層，大部分對此都是持反對態度的，黃星給我們發來這份報告，就是想在這件事情上尋求我們的支持。」

「那我們要不要表明一下態度呢？」小吳又問。

方國坤沒有回答，反問道：「劉嘯現在人在哪裡，他在忙些什麼？」

「在雷城，剛才報告中提到，雷城這次也遭到了攻擊，他們找到了軟盟，讓劉嘯過去幫忙解決問題。」小吳回答。

方國坤「哦」了一聲，「這個劉嘯真是讓人猜不透啊，那些海外勢力聯手向他施壓，可以說軟盟現在是內外交困，市場遠沒有達到他們預期的效果，可這個時候，他竟然還敢上這麼大的項目。」

小吳點頭，「最讓我沒想到的是，他們竟然一下將產品在國內的售價提高了好幾倍，真不知道他是怎麼想的。」

方國坤笑著，「這個倒很好解釋，他這是準備放棄國內市場了！」

「不會吧？」小吳有些意外，「他們前期在國內投入了那麼大精力來做宣傳，好不容易名氣大漲，不會就這麼放棄了吧！」

「看來你還是沒有讀懂劉嘯這個人，他辦事都是帶著一絲冒險色彩的，難能可貴的是，這個人一旦冒險失敗，就會迅速收手，不會做絲毫的無謂糾纏。先前他是準備衝擊國內市場的，可超低的價格並沒有給他帶來預期的受益，反而是一些倒賣的單子和亂七八糟的要求，這個時候，他肯定會調整策略的，既然國內市場打不開，我想他可能會轉向海外市場。」

「咦？」小吳聽方國坤這麼說，突然像明白了什麼，發出聲音。

「你想到什麼了？」方國坤回身看著小吳。

「我是在想，既然之前海外勢力會想出那麼詭異的辦法來內外夾攻軟盟，那這次我們幾個城市集體遭到攻擊，會不會也是他們的一個策略呢？」
小吳求證似的看著方國坤。

第七章　一貫作風

「這些人對於劉嘯的研究一點都不比我們差，要知道，他們非常想得到軟盟的產品，但絕不會接受劉嘯開出的天價，只要能拖住劉嘯的步伐，他們認為自己遲早能征服軟盟，這是他們一貫的作風！」

「哦？」方國坤一沉眉，「你的意思是，他們是想阻止劉嘯衝擊海外市場的計畫？」

「沒錯！」小吳也來勁了，好不容易讓自己猜出點門道來，「這些人對於劉嘯的研究一點都不比我們差，他們也非常準確地把握到劉嘯的心理，在和劉嘯的前幾輪較量失敗後，劉嘯突然提高國內產品售價，這就是一個信號，我們能猜出劉嘯是要放棄國內市場，他們肯定也知道，所以做出這種行動，攪亂國內市場，讓劉嘯重新看到打開國內市場的希望，從而暫緩衝擊海外市場，好讓他們可以繼續和劉嘯鬥下去。要知道，他們非常想得到軟盟的產品，但絕不會接受劉嘯開出的天價，只要能拖住劉嘯的步伐，他們認為自己遲早能征服軟盟，這是他們一貫的作風！」

「你的猜測很有道理！」方國坤點了點頭，「但你的所有猜測，都必須建立在一個前提上，那就是這次的攻擊是這些人策劃的！」

「呃……」小吳不禁一怔，自己光顧著激動，竟是沒想到這點，萬一這次的集體攻擊事件和他們沒有關係，那自己的猜測根本站不住腳。

方國坤一轉身，看著小吳，「這事由你專人負責，搞清楚，看這次事究竟和那些人有沒有關係！」

「是！」小吳一個立正，「我一定查清楚！」

「這些人實在是太過於狡猾！」方國坤捏著下巴，「可令我感到遺憾的是，認識到軟盟價值的，卻恰恰是這些人，而不是我們地方政府的自己人。你安排下去，這些機構對於軟盟的一切行動必須要做到嚴密監控，雖然我們不能改變那些地方政府的想法，但我們的職責就是不能讓他們得逞，必要時，可以採取一些非常措施，要讓我們的對手明白，認識到軟盟和劉嘯價值的，不止只有他們！」

「您放心，我知道該怎麼辦！」小吳一個立正，轉身出了方國坤的房間。

方國坤又拿起黃星的那份報告，這事確實讓他有些發愁，他是完全支持黃星的，可是他很明白，自己的態度有時候並不能改變什麼，「唉，有得愁了！」方國坤嘆了口氣，又坐回到椅子裏去了。

接下來的幾天，可真是把王興業給坐傻了，天天坐在樓下大廳候著OTE的差遣，可這OTE的人來來回回的，別說差遣了，連搭理都不搭理他，王興業天天就坐在那裡喝茶看報，連個說話的人都沒有。

因為劉嘯早看出不會有什麼差遣了，ＯＴＥ的協調統籌能力遠在王興業之上，除了購買設備，估計也用不到王興業，設備早在第二天就全部運抵，人家還能有什麼差遣啊，所以劉嘯也不陪王興業在那裏傻坐了，他這幾天總跟在ＯＴＥ那些人的屁股後面，確實學到了不少東西。

ＯＴＥ集中了所有的人力，用五天的時間，將之前網路走線佈局中需要改動的地方全部更改，接下來幾天，所有人分工，一小部分人負責重新給所有的電腦安裝ＯＴＥ修改過的系統，其餘人分赴所有賽事的組成部分，比如賽場、新聞中心、後勤中心安裝各種設備，軟盟的人此時也參與了進來，將軟盟的各種硬體軟體產品都安裝起來，這又花了兩天的時間。

等到第八天，聯網測試、尋找網路中的盲點和中斷點，然後趕緊修復，另外檢測一下網路和設備是否相容。

第九天，開始安裝各種ＯＴＥ的賽會資訊管理軟體，賽場記分評分、安排組織以及資料共用軟體，並且進行了軟測試。

第十天一大早，王興業和劉嘯趕到賽會中心的時候，被眼前的景象驚呆了，賽會的所有比賽項目竟然全都「開賽」了。ＯＴＥ不知道從哪裡找來了一批運動員和裁判員，對於各級別的比賽同時開始了實戰測試，全面檢測網路和ＯＴＥ這套系統的運行狀況。

在新聞中心，ＯＴＥ架起了進行現場直播的設備，進行著直播測試，與此同時，針對網路安全測試的各種攻擊也輪番上演，軟盟的產品此時表現強勁，沒有讓十天前的歷史重演。

劉嘯和王興業轉了一大圈，等找到文清的時候，他正捧著一杯茶，坐在控制中心的椅子裏，看著眼前大大小小上百個螢幕，這裏能看到賽會中心的各個角落，也能看到此時進行的所有測試賽的情況，包括比分、運動員姓名、排序，所有的資料都是即時顯示的。在這裏，還能控制所有賽場的燈光、大螢幕等各種設施的運轉。

「王先生，看看吧！」文清看到兩人進來，站了起來，指著眼前的大螢幕，「你還滿意吧？」

「滿意滿意！」王興業連連點頭，早忘了之前和文清互槓的事了，「我太滿意了，我只能用一個字來形容你們ＯＴＥ了，那就是，神！」

「這次算是便宜你們了！」文清笑著，「我們給你們安裝的這套用於賽會賽事管理的軟體，是我們的最新款產品，不管是科學性還是技術性，各個方面都大大超越了上屆奧運會的賽會水準。」

「太感謝你們了！」王興業連連道謝，「那這個軟體是否要另外付費啊？」

「已經包括在那十億的酬勞裏了！」文清笑說。其實他也是想借著這次雷城的賽會，檢驗一下ＯＴＥ這款新系統的實際水準，「不過我們已經設定了使用期限，賽會結束後，這套系統就會自動失效，今後你們如果還想在這些場館進行比賽的話，就得重新購買這些軟體了。」

「我知道了！」王興業鬆了口氣，他還真怕ＯＴＥ會再次獅子大開口，華興之前搞得那一套東西，和ＯＴＥ現在改造出來的這些東西，根本不能相提並論，連王興業這個外行都感覺到了。

「那行！」文清放下茶杯，從旁邊桌子上抽出一份文件，「如果勘驗無誤，你就把這個驗收合同簽一簽，然後把剩餘的酬勞匯入我們的帳號，我們收到錢之後，這裏的東西就歸你們使用了！」

「沒問題，我簽！」王興業二話不說，接過來就簽上了自己的名字，他沒有理由再懷疑ＯＴＥ的能力了。

文清接過合同，順手又放到桌子上，「還有一件事我得告訴你，雖然現在的這套網路已經非常安全了，但在賽事期間，任何事情都會發生，網路安全的工作還是非常嚴峻的，需要專人把守，我建議你們找軟盟來負責賽會期間的網路安全工作，畢竟這次的安全設備都是從軟盟採購的！」

ＯＴＥ並不負責賽會期間的安全工作，這個劉嘯早跟王興業說過了，王興業也不意外，道：「文先生真是考慮得周到啊，這事我也早想跟劉總商量了，軟盟的實力我完全相信。只是……」王興業看著文清，「這次的網路是由ＯＴＥ負責架設的，我想貴公司最好還是能留一些技術員下來，萬一發生了其他狀況呢！」

「我們的網路基本上已考慮到了所有的情況，而且都有備用方案！」文清皺了皺眉，「用不著再派什麼人留守了。」

「我是說萬一……」王興業擔心地說。

「不會有萬一！」文清擺了擺手，ＯＴＥ還從來沒發生過萬一，不過他考慮到王興業也是未雨綢繆，就道：「即便是有萬一，軟盟也能搞定的！」

「既然文先生這麼說，那我就放心了！」王興業這才有了底，「行，二位聊，我這就去把匯款的事安排一下！」說著，王興業就走了出去。

「劉嘯啊，現在這裏的事也弄完了，我正好跟你談一談我們之間的事！」文清對劉嘯說道。

劉嘯納悶，「我們之間？」

「嗯，準確說，是軟盟和OTE之間的事！」文清更正了一下自己的說法。

「哦，你說吧！」劉嘯跟文清坐到了一旁的椅子裏。

「之前你開新聞發布會，說要把你們的策略級引擎授權給別人使用？」文清想確認一下。

劉嘯點頭，「是有這麼回事！」

「我們OTE想得到你們策略級引擎的使用授權！」文清說。

「不是吧！」劉嘯一下蹦了起來，OTE找軟盟要授權，自己沒有聽錯吧，自己的策略級創意還是來自OTE給張氏設計的那套企業管理系統，要論策略級，OTE才是始祖啊，怎麼可能會找軟盟要授權！劉嘯覺得這太不可思議了！

「呃？」文清對劉嘯的過度反應有點驚訝，「怎麼了？看你這表情，好像是覺得我在跟你開玩笑？」

劉嘯連連搖頭，「不是，是我覺得有些意外，因為OTE根本就不需要軟盟的技術引擎啊！」

文清「呵呵」笑著，「你怎麼知道我們不需要？」

這下輪到劉嘯傻了，自己總不能說自己的策略級創意是從人家的一個項目裏找到的吧。

「我研究過你們的策略級產品，這個產品的安全性在我們OTE的國家級安全產品之上，但距離我們的世界級安全產品，還有很大的差距。」

文清說這話，劉嘯倒是一點都不懷疑，也不會生氣，劉嘯知道自己距離OTE還有很大差距，至少人家的線上追蹤系統，自己就還沒弄出來，「那你們要我們的授權是……」

「市場需要而已！」文清笑說，「其實我們的世界級產品，也只有我們OTE自己還有幾個特殊關係的客戶在使用，而其他的客戶，採用的都是國家級安全產品。本來我們以為自己的國家級安全產品至少可以領先五年，所以我們短期內並沒有設計更高安全性能產品的打算，可沒想到這麼快就被你們軟盟給超越了。一直以來，OTE給客戶提供的都是最好的產品，本來我們是打算重新開發一套更好的安全產品出來，但實在是手頭項目太多，人手排不開，剛好你們軟盟宣布要將策略級引擎授權出去，總部那邊就希望能拿到這個授權。」

劉嘯「哦」了一下，道：「那你們為什麼不使用自己那個世界級的安全產品呢？」

「呵呵，這裏面有很多原因，一時半會兒也解釋不清楚！」文清說，「如果你非要想弄明白的話，不妨可以這麼理解，這就像是你們把自己的策略級產品分為專業級、企業級一樣，這是由不同的市場需求決定的。你們在級別劃分上，採用的是閹割的辦法，所有的產品其實都是一種技術核心做出來的，只是功能的多寡優劣，決定了該產品屬於哪個級別。而我們ＯＴＥ卻不一樣，我們每個級別的產品，都是一種顛覆式的革新，採用的技術核心完全不一樣。現在的問題是，我們在世界級這個級別上找不到替代品，因為我們還沒有找到超越自己現有的這套世界級安全產品的辦法！」

劉嘯明白了，不過卻更為驚訝，ＯＴＥ竟然能設計出連自己都無法超越的產品，可以想像，這個產品已經達到了多麼完美的境界，至少軟盟是做不到這點的，因為劉嘯現在還是想法層出不窮，他有很多創意可以去進一步完善自己的策略級。

劉嘯也懶得追問其他原因，既然文清讓自己這麼理解，那就這麼理解算了，於是笑道：「能讓ＯＴＥ採用我們的技術核心，這對我們來說，也是一種榮耀！」

「你小子就會說好聽的話，什麼榮耀不榮耀的！」文清笑著，又道：「不過據我所知，凡是跟電腦有關的，不管是哪個方面，在此之前，都只有別人來買OTE技術的份，還從未有過例外，你們軟盟是第一個打破這種慣例的企業，讓我倒有些佩服！」

「咳……」劉嘯搖搖頭，「如果不是你們手上項目太多，我相信你們很快就能設計出新的國家級安全產品，性能肯定在我們的策略級之上！」

「那也未必！」文清笑著，「你們的策略級確實很厲害的！」

「那我回頭就著人把授權書以及相關的技術資料都給你們送過去！」劉嘯看著文清，「是送到封明吧？」

「嗯！」文清說，「我們在封明設立了辦事處，人員也開始慢慢往這邊遷！對了，我看你不如也把軟盟遷到封明吧，我們兩家搬到一塊，再有什麼合作上的事，就方便多了！」

「我也想過去啊！」劉嘯笑著，張小花在那邊建了廠，就算是安了家，所以很多人都想著要把軟盟遷到封明去，這其中就包括了張小花、張春生、熊老闆，還有劉嘯，「熊老闆已經幫軟盟在封明批了一塊地皮，可惜現在我們的事情太多，實在是不能再分心了。」

「你們的事我也有所耳聞，如果有什麼需要幫忙的，儘管開口！」文清看著劉嘯。

劉嘯搖搖頭，「我們自己能解決的！想要在世界舞臺的最前沿站住腳，就都得經歷這一關，我們不能總是靠別人吧！」

「呵呵！」文清笑著，「你能這麼想，那是最好不過的了！不過我還是要提醒你，這夥人是非常精明的，和他們鬥，你得多繞幾個彎去想，以前國內也有很多家企業和他們鬥過，最後全都敗在了他們手裏，不是被擊垮，就是被收購，有時候明明是對你自己有利的事，卻往往會是他們下的套，千萬不能大意啊！」

「是！」劉嘯點著頭，「這我已經見識過了，而且還差點就上了他們的當！」

「好，那我也就不用再多說什麼了！」文清站起來，看了看表，「工程也交付了，我這就該回去了，家裏還一大攤子事等著處理呢！」

「這麼快就走？」劉嘯有些意外，「我還想著等工程交付，咱們好好聊一聊呢！」

「不行啊！」文清苦笑著，「現在我得管公司，還得負責封明方面的建設，兩攤子事呢，你要是有空來封明的話，咱們再好好聊！」

劉嘯嘆了口氣，沒不再說什麼，道：「那行，我有空的時候，就去封明看看！」

正說著，王興業又走了進來，手裏拿著電話，「文先生，錢我已經通知財務給你們匯過去了，用不了幾分鐘，你就應該可以收到了。」

「很好！」文清伸出手，笑著：「那我就告辭了，我們這幾天的合作非常愉快，希望能有再次合作的機會！」

「一定一定！」王興業和文清一握手，「沒必要這麼著急走嘛，一起吃個飯，為我們的合作愉快乾一杯嘛！」

「下次吧！」文清笑著搖頭，「公司還有事，王先生的美意我心領了！告辭！」

文清說完，從桌子上拽起剛才王興業簽好的文件，轉身就朝外面走去。

「我送送你！」劉嘯趕緊說著，跟在文清的後面，王興業也趕緊追了上去。

兩人把文清送到樓下，文清的車子已經等在了那裏，那些大巴和工作人員也開始準備撤離。

「好了，兩位不必送了，告辭！」文清擺了擺手，鑽進車裏，車子隨即就鑽進大巴車群裏，消失了影子。

「這個OTE可真是太厲害了！」王興業看著車隊消失的方向，「他們今天的這場測試，完全不亞於舉行一屆真正的賽會，可他們舉辦得非常完美，非常緊湊，但中間卻沒有任何差錯，這就是我要的賽會！」

「得，我也該告辭了！」劉嘯笑笑，也朝王興業伸出手，「再見！」

「你可不能走！」王興業一把拽住劉嘯，「賽事期間的網路安全工作還得靠你呢！」

「就是因為這個，我才需要回去安排一下。」劉嘯笑著，「我這次帶來的人，主要是故障診斷和排除方面的專家。」

「這我就放心了！」王興業舒了口氣，「那我就在雷城等著你再次回來！劉總你可要抓緊啊，再有兩天的時間，測試賽就要開始了！」

「我知道，到時候我們的人肯定會過來接手的！」劉嘯笑呵呵和王興業一握手，轉身也鑽進了自己的車裏，離開了賽會中心。

王興業一個人站在賽會中心的大樓下，他現在非常高興，有了OTE架設的網路和提供的這套賽會管理軟體，再加上自己的協調統籌能力，到時候這屆賽會肯定是歷屆最好的，只要不出什麼大的意外，自己離升職不遠了。

劉嘯是這次來雷城人裏面最後一個回去的，之前的那些人，在安裝完設備後，就在商越的帶領下回去了海城。

一連十天沒在公司，一下就堆了好多事等著劉嘯處理，各部門的主管也都等著劉嘯回來商量事情呢，劉嘯剛一進公司，就被他們拽到了會議室。

「劉總，我們接到錢萬能先生的消息，說我們在海外授權的那些公司都已經準備好了，只要咱們一發話，策略級產品就可以立刻出現在全球所有的市場內！」業務主管首先彙報了最重要的事，「你看咱是不是準備出手？」

劉嘯點頭，「我看可以，出手吧，咱們已經等很久了。」這事確實弄很久了，估計錢萬能都著急了。

「我看不用著急！」商越此時開口了，「這幾天情況又發生了一點變化，我看我們先外後內的計畫又得改變了！」

「什麼變化？」劉嘯問道。

「根據我得到的消息，近十天，國內好幾個城市的政府職能網路都遭到了不同程度的攻擊。以前一直是海城的網路出事，事不關己，其他城市都在看海城的笑話，這次一連幾個城市出事，已經在國內引起了一種恐慌情緒，我想這對我們來說是個好機會，我們應該利用好這次的事件。」商越看了一下眾人，「我還是覺得我們先前的策略更為可行，畢竟國內市場是我們的立足根本，只有先把自己的根紮穩紮深了，我們和別人競爭的時候，才不會有後顧之憂。」

「國內市場我算是看透了！」業務主管直搖頭，「出事的時候吧，就跟熱鍋上的螞蟻一樣，病急亂投醫，可一旦事情過去，風平浪靜，他們馬上好了傷疤忘了痛，跟沒事人一樣。我看咱們也不用費那個勁了。我認為現在既然已經定下了先外後內的策略，我們就應該堅持到底，變來變去，只會亂了自己的陣腳。而且有一點我必須要提醒大家，現在的國內市場更多地是在盯著更為成熟的歐美市場，往往西方流行什麼，他們就跟風用什麼，我們打開歐美市場，其實也相當於是打開國內市場，這不矛盾。」

「可萬一在我們開拓境外市場的時候，有人趁機而起，利用這次的機會，一舉拿下了國內這個市場。」商越盯著業務主管，「那我們可就連站腳的地方都沒有了！」

公司的這幾位主管就分作了兩派辯論起來，各有各的道理。軟盟當時定下先內而外的策略，意見非常統一，後來又根據形勢變化，改成先外後內，大家也全都接受，可現在，卻第一次在路線問題上發生了大分歧。

劉嘯必須拿出個決定，把大家的意見統一起來，他想了一會兒，道：「大家都不要吵了，聽我說幾句！」

看大家安靜下來，劉嘯接著說道：「既然大家意見不統一，那要不這樣吧，開拓境外市場的計畫不變，按部就班地去做，而國內市場既然有了這麼一個機會，我們也不能輕易放過。商越你回頭把這次受到攻擊的城市名單整理出來，交到業務部，讓業務部派人到這些城市去聯繫一下。」

業務主管點了頭，「我看行！」

商越不同意，「我們不應該只把目光放在這幾個遭受了攻擊的城市上，而應該加大在國內的宣傳力度，利用這次的事件，拿下更多的市場！」

軟盟之前在媒體炒作上吃過很多甜頭，所以商越的提議得到了不少人的同意，這次的事完全可以做一個大大的炒作，就算拿不下市場，也能進一步提升和鞏固軟盟的品牌地位。如果軟盟放棄了這次機會，而被別人抓住的話，那軟盟就會很被動了，到時候國外市場一旦受阻，再回來再收復國內失地，就很困難了。

這讓劉嘯也有些猶豫不決，道：「這樣吧，剛好這次我們接下了雷城賽事組委會的網路保全工作，這個賽會不管是在國內還是在國外，都有著不小的影響力，我看就讓策劃部拿出個廣告方案，我們趁著賽事，也投放一些廣告，增加一下影響力！你們看如何？」

眾人你看我，我看你，最後都點了頭，劉嘯的這個方案讓雙方都很滿意，不管是國內國外，都得需要廣告投入。

「好，那這事就這麼定了！」劉嘯鬆了口氣，總算把這些人都擺平了，「還有一件事，我已經答應把策略級引擎授權給ＯＴＥ使用，回頭你們把授權書和技術資料整理出來，著人送到封明。」

眾人點頭，這事是好事，不用商量。

劉嘯清了清嗓子，「我這次回來，要重新挑選幾個人，過去負責雷城賽事的網路安全工作，今天就得挑好，收拾一下，明天一早出發，我還得跟過去一趟，把交接和安排的事弄好。所以公司裏的事，你們就先自己商量著辦！」

「隨便派個人去就行了！」業務主管看著劉嘯，「沒必要你再親自去一趟吧！」

「那裏的網路情況比較複雜，還是我親自去一趟吧！」劉嘯笑著，「最多兩個星期，我就回來了，這段時間就拜託在座的諸位了！」

眾人只好點頭，表示知道了。只有商越納悶地看著劉嘯，那裏的網路她也見識過，複雜倒是有點複雜，但公司裏的這些人都有經驗，過去一看，就知道該怎麼做了，還用不到劉嘯親自過去安排，她覺得劉嘯沒說實話，只是不知道劉嘯這是什麼意思。

第二天一早，劉嘯帶著挑選出來的人再次奔赴雷城，跟王興業簽好合同後，軟盟就算正式接手了賽事的網路安保工作，和之前那幾位主管所說的一樣，這些挑出來的人都是內行，在看過ＯＴＥ交付的網路架構圖紙後，就迅速投入了工作，根本就不需要劉嘯去安排什麼具體的工作，再加上安全設備都是軟盟製造的，也就不存在任何交接上的困難。

而劉嘯也沒有安排什麼，正如商越猜測的那樣，劉嘯再次來到雷城，是有目的的，之前他一直跟在ＯＴＥ的施工人員後面，發現ＯＴＥ設計的網路架構非常有意思，看起來沒有什麼特別，其實卻有著好幾套備用網路，ＯＴＥ

是用一套智慧控制系統操縱一些通訊設備實現的，智慧控制系統會根據網路的總體情況來選擇不同的網路方案。

這和劉嘯那個多梯次的網路防禦體系有點相似，所以劉嘯再次殺回來，就是想弄清楚ＯＴＥ到底是怎麼做的，這和自己預想中的多梯次體系有什麼不同，再看看有沒有什麼值得自己借鑒的，畢竟到目前為止，自己的一些想法還只是在構想，軟盟在這方面也沒有任何的實戰經驗，而ＯＴＥ這套網路就是一個最好的老師了。

第二個目的，就是劉嘯想看看能不能逮到那個往網路裏投放病毒的人，本來事不關己，劉嘯是不關心這個事的，可回去後，商越一說好幾個城市同時遭到攻擊，劉嘯立即感覺這應該是有一定的內在關聯，而且它剛好還對軟盟產生了影響，至少一定程度上干擾了軟盟的市場策略，這讓劉嘯心裏有了一些想法。剛好雷城的測試賽就要開賽，劉嘯想過來碰碰運氣，看看那傢伙還會不會再次行動，他想弄清楚這一連串的攻擊事件是否真的和軟盟有關。

劉嘯到的第二天，雷城的測試賽就開始了，所以他也不能動網路，否則會出大麻煩的，他只能到處亂走，查看著網路的佈線情況，即便如此，一些關鍵的位置和設備，還被ＯＴＥ加鎖弄進封閉的櫃子或者機房裏。劉嘯是拿不到鑰匙的。劉嘯只能根據自己之前看到的，然後結合現在對於網路整體情況的一些掌握，來估摸這裏面的門道，揣測OTE的設計思路。

可在這些關鍵部位之外，劉嘯根本就看不到OTE所謂的多線網路的影子，回想當時施工的情形，劉嘯推斷OTE可能採用一種類似電路並聯的方式，這樣只需在關鍵部位採用並聯的方式，就可以只用一套線路始終保證網路暢通，因為網線很少故障，駭客無法破壞網路線，也不可能去破壞網路線，他們還得依靠這些網路線，把自己的攻擊指令傳達到每一個終端，而且OTE的網路線大部分走的是暗線，一般人接觸不到，也做了非常嚴格的防蟲防咬的處理。

這個「並聯」劉嘯倒是可以想通，只是劉嘯不知道OTE的智慧系統如何判斷什麼時候該走什麼線路，又在什麼情況下，才考慮改換線路，他們根據什麼得知網路出了什麼狀況，又如何對其做出正確處理。

劉嘯想對其進行一系列的針對性測試，然後通過得出的資料，大概判斷出OTE這套系統的運行原理，可惜劉嘯又怕自己拿捏不準這套系統的脾氣，如果到時候再弄出什麼事故來，砸了軟盟的牌子倒不要緊，萬一再牽連到OTE或者雷城市府，那自己罪過可就大了，所以劉嘯只能每天悶悶地圍著那些關鍵位置轉悠，他的這一舉動，讓整個賽會中心的工作人員都感到很奇怪。

閒晃之餘，劉嘯找來了很多企業成敗的案例來研究，特別是那些衝擊國外市場失敗的企業案例，劉嘯之前對企業的經營管理並沒有什麼興趣，只是現在讓這些對手這麼來來回回地玩弄，讓他有些防不勝防，他不得不從這些失敗的企業身上去學點經驗，以防萬一、未雨綢繆。

這些案例可說是中國企業的一個縮影，也是一部血淚史，這些企業絕大多數都是從艱苦創業開始的，憑著一股拼搏的勁頭和大膽的遠見，創造出別人想複製都複製不來的輝煌，可最後卻無一例外地走向沒落。

有的是技術核心被握在了別人手裏，一開始他們只是替人打工，與人分羹，可當這些企業攢夠了資本，準備和那些國外同行一較長短時，那些掌握著技術核心的人就開始收緊拳頭，緊緊攥住了他們的脖子，這些企業是死得最冤的了。

有的是出於沒有自信，他們的技術本來是世界領先的，可是當他們展現成果時，國外卻形成一種統一的輿論口徑，集體詆毀他們技術的先進性，把它說得一文不值。這些企業信以為真，便放棄了原本已經取得了成果的技術；自己的領先技術，也被當作垃圾賤賣到了國外，國外再用這技術製出成品，改頭換面之後，賣到國內來賺大把的錢。

有些企業遭遇到的情況簡直就是軟盟的翻版，被人透過各種方法控制了銷路和訂單，他們的產品雖好，但就是賣不出去，最後這些企業是被活活悶死的。可等外資一接手，銷量反而突飛猛進。還有一些，則是被人千方百計弄走了股權，成了別人的賺錢工具。

劉嘯每看完一個案例，都會有一種出奇的憤怒，因為每個案例的最後，總有一些所謂的專家跳出來分析和點評一番，結論總是歸咎於這些企業不善於經營、不懂得國際市場的規則、財務不善、盲目貪大求大。

「媽的！」劉嘯將那些案例都拍在桌子上，恨恨地道：「幫兇！」

「應該給這些人一些教訓！」劉嘯氣得拿拳頭直擂牆。

等冷靜下來，劉嘯突然想起最近的一些事，這幾天業務主管打電話來，總是彙報斯捷科和國外市場的進展，不提國內市場；而商越打電話來，卻總是說國內又有幾個城市開始和軟盟聯繫了，也對海外市場隻字不提。

劉嘯之前沒覺得有什麼不對，現在看了這些案例後，突然生出了一個想法，這不會也是那些人的招數吧，一個突然出現的機會，非但沒給軟盟帶來什麼實質性好處，反而讓之前一直很團結的軟盟管理層因此產生了分歧，這些案例都搞得劉嘯有點草木皆兵、風聲鶴唳的感覺了。

「不行！」劉嘯搖搖頭，「雷城不能再待下去了，我得回海城去！」劉嘯不準備弄清楚那個攻擊者到底是什麼目的，不管這是不是針對軟盟的，只要自己陣腳不亂，對方就沒什麼機會。

劉嘯正準備收拾東西時，電話響了起來，是李易成打來的，「劉嘯，在哪兒呢？」

「在賓館！」劉嘯應了一聲，隨即道：「對了，李大哥，我準備明天一早就回海城，雷城這邊如果有什麼事，就請你多費點心。」

「咦？你要回去？」李易成有些意外。

「怎麼了，李大哥，有事嗎？」劉嘯問道。

「我正要約你出來，給你介紹個人認識！」李易成笑道。

「那就現在吧！」劉嘯皺眉，「我有點急事，不能在這裏多耽擱了。」

「那行，我跟他聯繫一下，一會就在你那賓館樓下的茶館見面！待會兒見！」李易成說完，就掛了電話。

劉嘯收拾完自己的東西，就到樓下的茶館，挑了個視野開闊的位子坐了下來。

第八章　內鬼

那技術員跺著腳，「我發現有人從上面拷貝了大量的資料！」

「這怎麼可能？」業務主管一下就懵了，「我們這座大樓，二十四小時都有保安把守，公司門鎖天天晚上有專人負責鎖好，外人是不可能進來的，難道會是內鬼？」

大概不到半個小時，李易成就走了進來，身後還跟著一個人，一身的白色休閒裝，長髮飄逸。

劉嘯有點意外，站起來朝李易成招手。

「這邊！」李易成笑著走了過來，「這位就是軟盟的劉總。」又對劉嘯說，「我給你介紹一下，這位是我的老朋友，韓浪，真正的技術高手！」

劉嘯伸出手，「你好，韓先生！」

「你好，我們又見面了！」韓浪難得地露出一絲笑容。

「你們認識？」李易成先是一驚，隨後大笑，「這可真是巧啊，既然都是熟人，那就隨便吧，不要拘束！」

等兩人都坐下了，李易成才道：「韓浪是我以前的一位助手，他很厲害，後來我自己出來，本來想找他的，沒想到他也離開了原來的公司，就一直沒能聯繫上。昨天他突然出現在我們公司，說要到我們易成軟體工作，把我高興壞了！」

劉嘯笑說，「是，韓先生的技術我是見識過的！」說完看著韓浪：「韓先生真要去易成軟體工作？」

「是！」韓浪點頭，「可能你會有點吃驚，不過我已經決定了！」

「這樣很好，我為你的這個決定感到高興！」劉嘯笑著。

「上次的事，希望沒給你們帶來什麼麻煩！」

「什麼事？」李易成有點迷糊，問道。

「沒什麼！」劉嘯搖頭，「就是韓大哥之前曾到我們軟盟去應聘，結果因為一些問題，大家沒能合作成，否則的話，他現在可能就在我們軟盟上班了！」

「還有這回事？」李易成笑著，「幸虧沒成啊，否則我這裏就得少一位得力助手了！對了，韓浪，你不是說有事要和劉嘯談嗎？」

「哦？」劉嘯有點意外，「韓大哥有什麼事嗎？」

「是關於這次雷城賽事網路被攻擊的事，我昨天聽李大哥說，這屆雷城賽事的網路保全工作是由你們軟盟負責的，我知道一些線索，不知道對你有沒有什麼幫助！」

劉嘯伸手從自己兜裏掏出房卡，遞給李易成，「李大哥，我突然想起來，我房間內桌子上有份檔案是給你的，剛才急著下來，就給忘了。」

李易成一聽，便站了起來，說：「行，那你們先聊，我去拿文件！」

等李易成一走，劉嘯伸了伸手，示意韓浪但說無妨。

「上次聽了黃星前輩的消息，回來後我們組織就解散了，大部分人和我一樣，選擇了離開這行，不過也有一些人加入了其他的組織！」韓浪了口嘆氣，「前幾天我和他們聯繫的時候，他們說接了一單活，要對國內幾個城市的職能網路發起攻擊，其中就包括了雷城的賽事網路。不過客戶的要求很奇怪，他們不要求得到什麼，只要求造成一些動靜就行，還不能有什麼實質性的破壞。」

「有這麼回事？」劉嘯捏著下巴思考起來。

「而且他們很快還會有第二波的攻擊，攻擊目標依舊包括了雷城的賽事網路，所以我想提醒你，一定要加強防範。」

「不知道那些客戶的資訊嗎？」劉嘯問道。

「做我們這行的，是不能透露客戶資訊的！」韓浪笑著搖頭，「經我旁敲側擊，倒是弄到了一些關於客戶的資訊，但我只能告訴你，對方是個大財閥，他們攻擊這些網路，好像是有別的目的，至於別的，就恕我不能言明了！」

「沒事，非常感謝你的這個消息，這對我們很重要！」劉嘯笑著。

「能幫到你們就行，那咱們上次的事就算是扯平了！」韓浪微微頷首，他告訴劉嘯這些，大概是為了彌補上次對軟盟的虧欠。

「上次的事本來就已經扯平了！」劉嘯擺手，「既然你這樣說，那我也告訴你一條消息，希望你能轉達給你的那些同伴。你就告訴他們，雷城現在的賽事網路是由OTE設計的，讓他們好自為之！」

韓浪聽完，臉色連變幾下，然後道：「多謝你的這個消息，我會轉告給他們的！」

劉嘯留心觀察了一下韓浪的表情，韓浪的表情變化證明了一件事，這些地下駭客組織都是知道OTE的，當年Timothy攻擊張氏的網路，也是看到OTE標誌就迅速逃離了。

劉嘯道：「既然都已經解散了，他們為什麼還那麼想不開呢，如果都能跟你一樣，找份正式的工作，把自己的才能用到正途，那該多好啊！」

「我會勸他們金盆洗手的！」韓浪應了一聲，也不知道在想些什麼。

此時，李易成捧著一疊檔案走了進來，一臉納悶地看著劉嘯：「你給我看這些企業案例幹什麼？」

「這些都是我特地整理出來的，我覺得這些企業和我們兩家的遭遇很相似，所以想讓李大哥也看看，雖然他們最後都失敗了，但我們應該能從中吸取一些教訓和經驗。」劉嘯解釋。

「那我回去好好研究研究！」李易成把那些檔案塞進了自己的包裹。

三人又繼續聊了一會兒，看看時間不早，劉嘯明天一早還得回海城，兩人就告辭了。

第二天是顧振東為劉嘯送行的，他一直把劉嘯送到了機場。

「劉嘯啊，你上次說的那個人項目，我們已經做了可行性分析，從硬體上來說，我們華維是有這方面實力的，所以你們如果真要搞的話，可要算我們華維一份啊！」

「這事不急，我也在等著網監那邊的答覆呢，沒有他們，我們也不好搞啊！」劉嘯道：「不過，我倒有另外一件事，希望顧總能夠幫忙！」

「你說！」顧振東勒著自己的啤酒肚，「能幫的我一定幫！」

「這事很簡單！」劉嘯看著顧振東，「只要顧總找幾個專家，然後在媒體上發表幾篇文章就行！」

「這倒是不難！」顧振東有些納悶，「你要他們說什麼呢？」

「就說軟盟的策略級技術其實都是國外用爛了、快淘汰的技術；或者是說軟盟的東西根本沒有市場……」劉嘯一頓，「反正怎麼詆毀就怎麼說，最好多找幾個專家，然後發表在那些國內國際都有影響力的期刊上！」

「自己找人臭自己，你這不是要砸自己招牌嗎？你瘋了啊！」顧振東一聽就急了，劉嘯準是瘋了，自己可得攔著，現在華維可跟軟盟綁一塊呢，不能讓他胡來。

「呵呵，您放心吧，我心裏有數！」劉嘯笑道，「要不是怕被人揪出來，我就自己去找專家了，所以這事得麻煩您！」

「那你跟我說明白，這到底是怎麼回事！」顧振東確實糊塗了，難道自己真的老了，思維一點都跟不上這些年輕人了？

劉嘯一看時間，「來不及了，要登機了，這事我以後再慢慢給你解釋，總之您幫我這個忙就行了！」說完，劉嘯就站起來，拽起自己的箱子，準備去驗票口登機。

顧振東也沒辦法了，道：「好，我一回去就幫你聯繫。不過，你回到海城就給我個電話，把這事給我說清楚！」

「好，我知道了！」劉嘯一擺手，「那我就走了！」

回到軟盟，劉嘯還特意問了一下前臺美眉，「這兩天公司沒什麼事吧？」

「沒有啊！」美眉有點摸不著頭腦，「一切都很正常啊！」

「那就好！」劉嘯鬆了口氣，轉身走進公司，他現在真的是有些過於緊張了。

路過會議室，看見一幫人正在裏面討論得很激烈，聲調高亢，劉嘯站在外面都能聽到裏面的聲音。

業務主管站在那裏道：「國外市場雖然只是剛剛開始開拓，但僅僅幾個單子，利潤就超過我們軟盟過去歷年利潤的總和，我覺得這次的廣告設計，必須大氣、開放，具有國際性，不能讓老外看不明白！」

策劃部的主管顯得很為難，「你們能不能拿定主意再讓我做啊，這已經是第五稿了，再這麼搞下去了，我非得崩潰不可！」

「海外市場利潤是顯而易見的，定價本來就高嘛！可我們為什麼最先的時候反而放棄了這個利潤最大的市場，寧可在國內倒貼錢搞推廣呢，因為國內市場是我們的立足根本，這是無法用利潤來衡量的，這次的廣告側重點必須是國內市場！」

堅持走國內路線的幾位主管立刻反對，其中最堅決的就是商越了。

劉嘯搖搖頭，推門進去。

眾人看見劉嘯進來，便都站了起來，跟劉嘯打著招呼。

「沒事，你們接著聊。」劉嘯不動聲色，坐到一張椅子裏，「我先聽聽！」

「劉總，你給拿個主意吧！」策劃部的主管一臉苦相，向劉嘯求救，「我實在是受不了了，我拿出來的企劃案，不是你不滿意，就是他不滿意，來來回回地改了好幾次。要照這麼下去，等雷城的賽事結束了，咱們的廣告也拿不出來！」

「你照我說的辦，不早就成了嘛！」業務主管瞪著策劃主管，「都是你自己拖拖拉拉的，我不說你耽誤事，你倒先挑我的毛病了！」

「我的錯，我的錯行不行！」策劃部主管實在是沒轍了，「那這樣吧，就按你們說的，我各弄一套方案出來，做兩套廣告方案，要是這樣你們還不滿意，那我也沒法幹了！」策劃主管說完，氣哼哼坐到了椅子裏。

「這不對啊！」業務主管搖著頭，「公司現在的發展策略是先外而內，我們有錢也應該用在刀刃上，沒事拍兩套廣告出來，那不是浪費嘛！」

「怎麼就浪費了！」商越覺得不舒服，「就算是因特爾、微軟，他們雖然完全佔據了市場，但每年投在宣傳上的費用還是一直在增加，這是對公司品牌的一種宣傳，怎麼會浪費！」

「問題是我們現在還沒佔據市場，我們也沒有因特爾和微軟的財力！」業務主管立刻反駁。

雙方又是一陣激辯，整個會議室嘈雜無比，只有劉嘯和策劃部的主管沒摻和進去，坐在一旁看熱鬧。

過了十來分鐘，兩方都有些累了，翻來覆去的都是那幾個理由，就是不願意妥協。

「劉總，你拿個主意吧！」兩方都盯著劉嘯，拿目光向劉嘯施壓，希望贏的是自己。

「咳咳……」劉嘯清了清嗓子，「我的意思是，這次的廣告不用做了！」

「呃……」這下所有人都傻了，這算什麼表態啊，讓做的也是你，不讓做的也是你，合著這幾天全是白忙活啊！

劉嘯從自己的提包裏抽出幾份文件，然後放在桌上，「來，大家都好好看看吧，傳一下！」說完，劉嘯又靠在了椅子上，沒說話。

大家這才發現劉嘯有些不高興，便接過那幾分文件，挨個傳了一遍，然後就都啞巴了，誰也不說話。

「怎麼都不說話了，發表一下看法嘛！」劉嘯看著眾人。

可眾人就是不說話。

「前車之鑑啊！」劉嘯嘆了一口氣，「當年這些企業，論聲勢、論名聲，比我們軟盟不知道要強了多少倍，最後怎麼樣？別人只是略施手段，就讓他陷入內耗內鬥之中，最後以一方出售股權結束。內鬥是結束了，可公司卻成了別人的，你們不覺得這和我們現在情況很相似嗎？為了一個廣告，就讓我們軟盟雞犬不寧，如果是這樣，我寧願不做這個廣告，寧願別人都不知道我們軟盟，我丟不起這個人！」

劉嘯這次是真的動怒了，「你們好好想想，這半年多來，我們軟盟遭遇了多少困難？能夠走到今天，我們付出了多少，又放棄了多少？」

「你！」劉嘯指著業務主管，「你應該還記得那些被客戶天天追在後面要賠償的日子吧！」又指著商越，「還有你，難道你忘了黑帽子大會上別人對我們的羞辱嗎？難道你們還想別人再看我們一次笑話嗎？」

眾人都被劉嘯這一通突如其來的話給訓懵了。

「我們軟盟能夠一步步走到今天，靠的是什麼？」劉嘯長出了一口氣，「靠的是團結，靠的是上下一心，同舟共濟，靠的是我們胸中的這口氣，我們不想放棄，我們發誓要糾正那些老外對我們的偏見。最困難的時候我們都熬過去了，可我們卻丟了最貴重的東西。」

呆了半晌之後，業務主管終於第一個站了起來，道：「劉……劉總，這個事怪我，是我太較真了，影響了公司的和氣！我檢討！」

商越也站了起來，道：「怪我，我作為公司的技術總監，本來營運上的事不該我管的，我越權行事，才會把事情弄得這麼僵！」

「怪我！」業務主管更急了，道：「你想抓住這次機會，打開軟盟在國內市場的局面，那也是為了軟盟好，是我……」

「爭什麼爭！」劉嘯瞪著兩人，「我讓你們看這個案例，不是要追究誰對誰錯，而是要讓你們明白，我們是同事，是夥伴，我們是一條戰線上的人，我們是自己人，不管有什麼事，沒有什麼不能商量的，但絕不是用剛才那種方式！」

劉嘯擺了擺手，示意那兩人都坐下，然後道：

「你們一個要傾向海外市場，這是堅持公司的既定策略，完全沒有錯；

另外一個是想側重國內市場，這也沒有錯，機會出現了，就得抓住，你們的出發點都是為了軟盟好，這些你們自己心裏都非常明白。可結果呢，你們的好意並沒有換來好的結果，反而讓公司陷入僵局。你們一個是業務主管，一個是技術主管，你們有沒有想過，你們兩人的意見不合，很有可能導致你們手底下兩個部門的員工意見不和，乃至整個公司的不和。這不是危言聳聽，活生生的教訓就在你們眼前！」

兩人聽了都有點不好意思，互相看了對方一眼，然後又看著劉嘯，都有些愧疚。

「這次的事，如果非要說是誰錯了的話，那就是我的錯！」劉嘯看著眾人。

「劉總，我們都已經認識到這個錯誤了，你就不要再損我們了，這怎麼能是你的錯呢！」業務主管急忙說道。

劉嘯一抬手，「你讓我說完，說完你就明白了！我是公司的掌門人，上次我們討論這個問題的時候，我就拿不準主意，不知道是應該更改公司的策略，還是要繼續堅持先外後內，所以我就把這個問題推給了你們，這不是一個企業掌舵人該做的事！而我之所以拿不定主意，是因為我無法確認這次國內突然出現的利好機會，是不是對手給我們布下的圈套，我這次去雷城，就是為了把這個事情搞清楚。」

「不會吧？」眾人頓時議論開了，國內幾個地方政府遭受攻擊，怎麼也和軟盟扯不上關係啊！特別是商越，她很詫異！

「你們或許認為我是在危言聳聽，但事實證明，我應該堅持自己的懷疑，這次的機會，確實是有人故意製造出來的！」劉嘯看著吃驚的眾人，「我們都大意了，是因為這樣的攻擊事件每天都在發生，不是所有的攻擊事件都和我們有關，但我們卻不得不承認，這次的攻擊事件，實實在在影響到了我們軟盟在市場策略上的決斷，它讓我們彷徨，讓我們猶豫，讓我們陷入了一場是該先內還是先外的無謂爭執上了！」

劉嘯把剛才從公事包裏拽出來的那些文件一份一份擺在了桌上，「這是我收集到的許多案例，這些案例說明一件事情，我們軟盟想要成為一個世界級的企業，就必須邁過一個關卡，而製造這個關卡的敵人非常狡猾，狡猾到讓你有時候都不認為他是我們的敵人，他們會用各種你想不到的辦法來對付你。」

「所以，我今天要在這裏宣布一條規定，今後凡是公司確立了的發展計劃，所有人就必須無條件地、全力以赴地去做，哪怕這是一條死路，哪怕會撞得頭破血流，我們也必須往前衝。」

「你們都好好想想吧！」劉嘯嘆了口氣，「散會！」

劉嘯說完就準備離開，剛一拉開會議室的門，門口站著公司負責機密檔案管理的員工，此時一臉焦急神色，看見劉嘯，馬上道：「劉總，不好了，出事了！」

「出什麼事了！」劉嘯看著那技術員。

那技術員把劉嘯又推進會議室，一關門，道：「我們公司的電腦被人入侵了！」

這下幾位主管全都站了起來。

商越最感意外，「你沒弄錯？我們伺服器的安全措施那麼嚴密，怎麼會被人入侵？」

「絕對沒錯！」那技術員跺著腳，「剛才我去幫技術部的人調資料的時候，發現資料室的門鎖有被人動過的痕跡，我進去檢查了我們存放資料的伺服器，發現有人從上面拷貝了大量的資料，對方是從我們內部入手的！」

「這怎麼可能？」業務主管一下就懵了，「我們這座大樓，二十四小時都有保安把守，公司門鎖天天晚上有專人負責鎖好，外人是不可能進來的，難道會是內鬼？」

「先不要慌！」劉嘯示意眾人冷靜，然後看著那技術員，「這事除了現在在這裏的人，還有誰知道？」

「我沒敢聲張，怕萬一是內鬼，就打草驚蛇了，所以趕緊過來通知你！」那技術員也是一臉的汗，不管怎麼說，這也是他的工作出了差錯。

劉嘯「哦」了一聲，「好，這事我會處理的，你回去繼續工作吧，就當沒發生過，注意保密，不能再多讓一個人知道！」

技術員有些不明白劉嘯的意思，撓了撓頭，「那……那我就先走了。」

「去吧！」劉嘯示意那人可以走了。

等那技術員一走，會議室就亂了，事情發生得太突然，幾位主管都有些措手不及。

業務主管一砸桌子，道：「早不出事，晚不出事，偏偏這個時候出事，我看這全得怪咱們幾個，要不是咱們這幾天整天地瞎搞，別人根本就沒有這機會。」

他的話，讓其他幾個人頓時沉默，也真是這麼回事，這幾天公司的運轉是不大正常。

「這是個教訓啊！」劉嘯捏了捏額頭，一臉痛苦，隨即又露出一絲笑容，道：「不過也好，現在吃虧，總比以後吃大虧強，至少讓我們明白了很多事，以後也就不會再犯這樣的錯誤了。我現在安排一下，第一，這事誰都不許傳出去；第二，回去後各自秘密查看一下，看對方到底朝多少地方下手，確定一下是內鬼作案還是外人侵入；第三，商越，你把公司裏伺服器什麼的，全部做一次縝密檢查，看對方還有沒有留一手！」

「難道就這麼算了？」商越覺得有點窩火，「我們得給他們點顏色看看，玩這套玩到我們頭上來了！」

「你們都去忙吧，我自有安排！」劉嘯擺了擺手，示意眾人趕緊去查看具體的損失情況，然後捏著下巴，一臉沉思地坐在那裏，也不知道在想些什麼。

眾人回去暗地裏一查，再給劉嘯一匯總，才發現問題非常嚴重，整個軟盟，不光是機密資料室被人侵入，其他業務部、財務部、技術部等所有部門，都有被人動過的痕跡，要是不注意查看的話，很難發現這些痕跡。

這些部門的電腦上，被人複製走了大量的資料，可以說軟盟整個企業的運行狀況，對方都瞭若指掌。就連劉嘯的實驗室也有人進去，電腦開機密碼遭破解，電腦上的資料，幾乎全部被複製了一遍。

「這肯定不是內鬼所為！」商越首先說出了自己的判斷，「如果是內部的人，肯定知道哪裡最重要，而不會如此盲目，他們連我們前臺的電腦都打開，就是說明他們並不知道自己想要的東西是什麼，或者是不知道想要的東西在哪裡！」

「我同意商越的看法！」業務主管此時表情非常嚴峻，「我們所有部門晚上都是要鎖門的，而且鑰匙放在不同人的手裏，一般人不可能配齊這麼多把鑰匙，看來對方來的時候，不是一個人，除了電腦高手外，他們還有開鎖的高手。」

「媽的，這是誰啊！」財務部的主管一臉吃驚，這到底是什麼人啊，連開萬能鎖的人都弄來了，公司好多重要部門的鎖頭，都是買的高科技鎖啊。

「還能有誰！」業務主管恨恨地一拍桌子，「肯定是那些製造這一連串攻擊事件的人，他們就是要攪亂我們，然後趁亂打劫！」

眾人不語，這教訓太深刻了。

「算了，事情已經這樣了，自責也無濟於事！」劉嘯清了清嗓子，「我剛才去大樓的電子監控中心看了一下，昨晚有兩小時的時間，電子監控中心的所有監控鏡頭都被人控制了，看來對方是準備了很久的，咱們栽了也不算太冤枉，要是是被那些溜門撬鎖的把咱們軟盟給一鍋端了，那咱們的保安工作就非常值得我們思考了。」

「我們是做安全防護的！」商越看著劉嘯，「現在竟被人把資料給竊了，我咽不下這口氣！」

「對，一定要查！查出來後，非得給他們點顏色看看不可！」業務主管也是氣不打一處來，這次丟人丟大了。

可劉嘯似乎是不著急，道：「他們就算是把公司裏所有的電腦都搬走，也搬不走我們真正的技術機密，要是我們連這點都做不到，還開什麼網路安全公司啊！現在的首要問題，不是追查是誰竊走了我們的資料，而是我們不能被這件事弄亂了陣腳，那樣對手就會有更好的下手機會了！」

「那咱們就這麼算了？」業務主管瞪著劉嘯，「這不是軟盟的風格，也不是你的風格！」

「對方有備而來，就不會留下什麼重要的線索，要是順著這些線索調查，最後只能把我們自己套住！」劉嘯拿手指敲了敲桌子，「咱們要讓這幫人自己跳出來！」

眾人都看著劉嘯，不知道劉嘯有什麼辦法能讓那些人自己跳出來！

劉嘯看著業務主管，「你回去後，把咱們公司所有的業務細分，然後整理出來，我有用！」

業務主管顯然沒明白劉嘯的意思，「怎麼個細分！」

「比如說，我們的策略級產品分為幾個級別，每個級別的產品都分為哪些市場，有多少個市場，你就給我分出多少個類別來。再比如，我們的策略級產品在推廣上又分為自己做和授權給別人做，你也幫我分出來！」劉嘯吩咐業務主管，「其他所有的業務，都按照這個模式來分，能分多少分多少，明白嗎？」

「明白是明白了！」業務主管很納悶，「可是……」

「你先不要問，照我說的做就是了！」劉嘯抬手打斷了業務主管的話，然後又看著商越，「你這幾天加強一下情報方面的監控，看看有沒有什麼這方面的線索，再有，關注一下近幾期國內國外的權威期刊，如果有貶低詆毀我們軟盟的報導，就立刻通知我！」

「我……我知道了！」搜索線索的事，商越倒是明白，可她不明白劉嘯後面那句話是什麼意思，好像他知道有人要發表這些文章似的。

「好，所有人回去後都注意保密，這件事就當沒發生過，一定要表現得跟平常一樣！」劉嘯頓了頓，「我想對手此時肯定在觀察著我們的反應，我們就先讓他們高興幾天吧！」

劉嘯說完冷哼一聲，站了起來，「會有他們哭的時候，散會吧！」

丟下滿屋子的主管，劉嘯就走了。

他對於公司丟失這麼多資料，竟然一點都不著急，自從上次他被方國坤監控後，劉嘯就發現把資料放在電腦上不一定就是安全的，所以和商越一起設計了新的防護措施，全公司的人只有他們兩人知道。

其他人根本沒有注意到，全公司的電腦都被安裝了劉嘯設計的一種電子印章系統，所有備份的資料都是通過這套系統加了密，這就相當於是我們平時的文件必須要有關方面蓋了戳記才有效，所以，如果沒有經過電子印章系統確認的話，那些拷貝出去的資料就變成了垃圾資料，根本無法復原。

OTE在雷城的賽事系統上也應用了類似技術，所以他們才放心大膽地走了，甚至都不派個人留守，因為所有的中間環節，有了這項技術把守，駭客就不可能有搗鬼的機會，他們如果篡改資料，到下流環節之後，馬上會被發現上面蓋了一個偽造的章子。

張氏的企業系統也有這種技術，所以他們能夠實現無紙化辦公，張春生通過這套系統隨便發出一條資訊，會自動蓋上自己獨有的個人印戳，公司裏的人通過系統就會知道這條消息是誰發來的，別人是無法冒充的；同樣，其他人的資訊也會帶有獨特標記，駭客根本就沒有插手的機會，在這套系統裏，他不會有任何許可權。

誰也不會想到劉嘯此刻心裏在想什麼，說出來，絕對會出乎所有人的意料！此時此刻，他心裏想到的竟然是ＯＴＥ。

他突然想通了為什麼ＯＴＥ要花那麼多錢蓋一座連衛星都偵察不到的大樓，因為ＯＴＥ手裏掌握的技術實在是太多了。僅僅只是一個策略級軟體，就會給軟盟帶來這麼多麻煩，那想要得到ＯＴＥ機密的人有多少，就可想可知了。

「看來在這方面，得向ＯＴＥ學習啊！」劉嘯嘆了口氣，進了自己的辦公室，他得重新為公司設計一套全方位的安全防護措施，這樣的事，他不容許再次發生，丟臉還是次要的，技術核心是一個企業的立足之基，如果不是早有考慮的話，可能軟盟這次就真的栽了。以後那些失敗企業的案例中，就得再多加一個軟盟了。

散會之後，各部門主管首先做的第一件事，就是向各自屬下強調了團結以及合作的重要性。這次的教訓不可謂不深刻啊。

只是大家奇怪的是，接下來的兩天，劉嘯都是上班之後就躲在辦公室裏，下班之後就走人，也不過問公司的事，也不著急資料被竊的事，眾人以為劉嘯還在生氣，就都沒敢去打擾他。

直到第三天，才看見商越急匆匆敲門走進了劉嘯的辦公室，眾人就知道事情不妙了。果不其然，幾分鐘，所有主管都被召集到會議室開會，說是安排下一階段工作。

眾人一到齊，商越首先說道：

「剛剛得到的消息，今天最新的一期《安全》雜誌，刊登了知名電腦權威、吳中大學電腦學院院長金品學的一篇文章，文章的標題是《策略級就是偽科學》，把咱們軟盟的策略級技術批評得一文不值；同時，今天《電腦報》也發表了一篇文章，叫做《策略級，一個文字遊戲罷了》，作者是孟州，國內非常有名的電腦專家。」

商越稍微緩了一下，接著道：「大家都知道，金品學和孟州兩人，都是國內電腦行業裏的先驅人物，在業界有著不小的影響力，今天他們突然同時向我們軟盟開炮，這裏面肯定有問題，如果處理不好，就會對我們軟盟產生極壞的影響，我們必須馬上想出一個應對辦法！」

「這不是栽贓嗎！」業務主管就拍了桌子，「他們到底有沒有接觸過我們的策略級產品？他們憑什麼這麼說！」

「仗著資格老就可以欺負人嗎？」財務主管也非常生氣，「你們看看這個標題：《策略級就是偽科學》，這和搞文化大革命有什麼區別，動不動就把人打入黑五類！我看這個金品學是瘋了！」

「劉總，咱們這次必須要和他們理論清楚，要讓他們為自己這極不負責任的言論向我們道歉！」公司裏的幾位主管肺都氣炸了。

「那我就安排一下咱們接下來的工作！」劉嘯看了看眾人，最後把目光落在業務主管身上，「我前兩天讓你做的事，你弄完了沒有？」

「弄完了！」業務主管點頭，「按照你的要求，我把咱們的業務分割成了三百多個模組！」

「那就好！」劉嘯難得露出笑容來，道：「我估計這次金品學和孟州向咱們軟盟開炮，只是一個開始，接下來還會有更多形形色色的人跳出來，所以，咱們不必理會這兩個人，索性讓他們蹦達個夠！」

「這……」這幾位主管都傻了，前幾天資料被竊，你不著急也就罷了，現在人家可是指名道姓殺上門來了，怎麼又退縮了啊，這不是劉嘯以前的辦事風格啊！

「我問大家一句，我們軟盟和他們兩個人有仇嗎？」劉嘯笑著問道。

眾人搖頭。

「這不就對了嘛！」劉嘯搖頭，「他們肯定是受了別人指使，至於受了誰的指使，我想大家都清楚，我們即便弄倒了金品學和孟州，還有更多的金品學和孟州跳出來的。關鍵是，」劉嘯使勁敲了敲桌子，「我們要揪出背後指使的人！」

「那咱們怎麼把背後的人揪出來？」業務主管發問。

「這個不急，他們自己會跳出來的。」劉嘯擺了擺手，「你一會兒安排一下，找幾個媒體，把我們軟盟遭竊的消息透露出去，這次不用隱瞞，怎麼嚴重就怎麼說，把損失往嚴重了十倍地講！」

「呃……」業務主管的腦袋瓜都快想爆了，也不明白劉嘯這是什麼意思。

「商越！」劉嘯又看著商越，「你一會兒更新一下我們的個人軟體，讓我們的用戶都知道我們遭竊的事！」

「是，我這就安排！」商越點頭應著，「只是你這是想……」

「你太給金品學和盂州面子了，他們不過是兩個過氣的人物，能有什麼影響力！」劉嘯笑著，「他們不是想把事情鬧大嗎，咱們就幫他們一把，我倒要看看，到時候會是誰下不了臺！」

「你這想法不錯！」商越皺了皺眉，「只是我有一句話要說！」

「說吧！」劉嘯示意商越但說無妨。

「你剛才也說了，他們背後是有人指使的，那咱們和這幾個過氣的專家搞這種兩敗俱傷的舉動，豈不是正中了那些幕後黑人的下懷嗎？」商越看著劉嘯，「到時候咱們河蚌相爭，人家是漁翁得利，這樣的事，咱們是不是再考慮一下？」

「呵呵！」劉嘯笑著，「你去安排就是了，我有我的打算！這種給兩個錢就可以昧著良心顛倒黑白的狗屁學者，留著幹什麼，這次我連他們一塊辦了。」

商越看劉嘯那表情似乎成竹在胸，於是點點頭，不再說什麼。

劉嘯又交代業務主管，「還有一件事，咱們遭竊的事公佈之後，不用說，肯定會有不少媒體過來打探，那時候你開個新聞發布會，替我宣布一件事！」

「你說！」業務主管看著劉嘯，等著劉嘯接下來的話。

「就說我們軟盟準備出售自己旗下的所有業務，就按照你分出來的那三百多項來，只要價錢滿意，誰都可以買，全部買走也行，單買一項也可以！」

第九章　定海神針

相比之下，此時的情況不知道要好上多少倍，劉嘯有什麼理由要放棄呢。眾人便都安靜了下來，像是突然找到了一根定海神針，心裏一下就變得平靜無波，沒有了急躁和焦慮，反而生出一股力量，讓人覺得自己不可戰勝。

「啊！」這下所有人都站了起來，出售所有業務，這是不打算幹下去了啊?!

「劉總，我知道是咱們上次搞內鬥的事惹你生氣了，可咱們軟盟能走到今天，真的是太不容易了，你不能就這麼放棄了啊！」業務主管急了，「你要是覺得我們不好，你把我們幾個都開除了，我們絕無怨言，但軟盟必須搞下去！」

其他幾位主管也都急了，紛紛附和，把劉嘯圍了起來。

「你們別急！」劉嘯好不容易才把眾人按了回去，道：「我不是說過了嗎，那件事已經過去了，只要大家能夠記取教訓就行了，我真的沒有生大家的氣，我知道你們也都是為了軟盟好！」

「那你這是什麼意思！」業務主管看著劉嘯，「咱們把業務都賣了，那咱們做什麼？」

「我只問你們一句話！」劉嘯看著眾人，「你們有見過我放棄過嗎？你們覺得我是一個輕言放棄的人嗎？」

眾人都是搖頭，「不是！」

「那不就得了嗎！大家只要記住這點就行了！」劉嘯笑著看著眾人，突然淡淡地說道：「再塑中國駭客精神，重振軟盟昔日雄威！我劉嘯接管軟盟時說過什麼話，即使所有人都忘了，我也不會忘記的！」

除了商越，其他的人就回想起這是劉嘯接手軟盟第一次開會時說的話，那時候的軟盟，吳非凡剛剛倒臺，軟盟人心渙散，一盤散沙；外有華維大舉壓境，內有員工不斷被人挖了牆腳，就連RE & KING那樣的公司，都敢抱著揀便宜的心態來欺負軟盟。那麼險惡的境遇，當時很多軟盟的老人都想要放棄，因為根本看不到絲毫希望，可劉嘯硬是挺了過來，軟盟非但沒有垮，反而再度重生，有了巨大的發展，這不知道跌破了多少人的眼鏡。相比之下，此時的情況不知道要好上多少倍，劉嘯有什麼理由要放棄呢。

只這一句話，眾人便都安靜了下來，像是突然找到了一根定海神針，心裏一下就變得平靜無波，沒有了急躁和焦慮，反而生出一股力量，讓人覺得安寧，覺得安全，覺得自己不可戰勝。

「行！」業務主管突然站了起來，一咬牙，「你放心，這事我一定辦好，是死是活，都我跟定你了，奶奶的，豁出去了！」

「沒你說得那麼嚴重！」劉嘯擺了擺手，道：「大家相信我，我就不會讓大家失望！不過，我必須要提醒一下大家，不管別人出什麼招式來對付我們，也不管我做出了什麼決定，大家都不能受這些事的影響，之前定好的工作計畫，必須一絲不苟、絲毫不打折扣地給我繼續做下去，明白嗎？我們不能自己亂了自己的陣腳！」

「知道了！」商越站了起來，「同樣的當，我們不會上兩次！」

「那就好！」劉嘯呵呵笑著，「散會！」

方國坤正在看著文件，辦公室的門突然被推開，小吳急匆匆走了進來，以至於都忘了敲門喊報告。

「出什麼事了，這麼慌張？」方國坤看著小吳。

「剛得到消息，軟盟遭竊，公司所有的資料都被人竊走了！」

「什麼！」方國坤一下站了起來，「什麼時候的事？怎麼會出這種事？軟盟的技術核心呢，是不是也被竊走了？」

「目前還不清楚！」小吳看著方國坤，「但我們的內線剛剛傳來消息，說軟盟的高層已經在商量著要將旗下所有的業務打包出售！」

「怎麼會這樣！」方國坤一下癱坐在椅子裏，捏著額頭，如果真是這樣的話，看來事情就很嚴重了，如果不是遭受重創，軟盟是不會出售業務的，這擺明是幹不下去了。

「事情有點太突然，我也沒有想到！」小吳皺著眉，「據說整件事件的導火線，是今天有人在國內非常權威的電腦期刊上發表了攻擊軟盟的言論，軟盟的管理層針對這件事進行商討，之後就傳出軟盟被竊和要出售業務的消息。」

「馬上去查，看看是誰發表了攻擊軟盟的言論！」方國坤氣不打一處來，「一定要弄清楚這些人背後是誰指使的，和軟盟被竊的事有沒有什麼聯繫！」

「我已經在查了！」小吳應道，「這次的事有點麻煩，如果軟盟的技術核心真的被人竊走了，軟盟就算是完了！」

「事情到底是什麼情況還很難說！」方國坤雖然有些震驚，但倒不悲觀，「劉嘯不是那種隨隨便便就能對付得了的人，我們曾經對他的電腦也進行過監控，可我們得到什麼了嗎？如果隨便一個竊賊就能竊走軟盟的技術核心，那劉嘯就不是劉嘯了。」

「既然核心技術還在自己手裏，那他為什麼要出售軟盟旗下的所有業務嗎？」小吳問道，「按照常理，只有業務前途黯淡時，才會被出售。」

「這很好解釋！」方國坤笑了笑，過去拍了拍小吳的肩膀，「我問你，誰會去竊取軟盟的核心技術？」

「那還用說？」小吳看著方國坤。

「那我再問你！」方國坤笑著，「他們竊取到軟盟的核心技術後，準備幹什麼？」

「打擊軟盟，割占市場！」小吳說到這裏，隨即有些明白了，問道：「你是說，劉嘯是故意這麼做的，他不知道行竊的人是誰，所以用這一招來引蛇出洞？」

「這只是我的一個猜測罷了！」方國坤捏了捏下巴，「如果劉嘯真是這種打算的話，那咱們可就有好戲看了，劉嘯是個有仇必報的人，肯定不會對那些人心慈手軟的，這些人用以前的老套路來對付軟盟，本身就是找錯了對象，你想想，軟盟裏面都是些什麼人？駭客！技術瘋子！他們可不像以前那些被弄倒的企業，這些人手裏掌握的技術，本身就是一種殺傷力很大的武器，要是被劉嘯逮到了是誰在使壞，可夠他們喝一壺的了。」

「就怕是別人真的把軟盟的技術核心竊了，軟盟迫不得已才出此下策！」小吳也是皺眉不已，「否則一般人是不會這麼做的，因為一旦當眾宣布出售業務，那說出去的話可就沒有收回的餘地了，到時候軟盟就得把所有的市場拱手讓給別人了。」

「是啊！」方國坤點著頭，「這確實是個問題！是我們太疏忽了，在自己的地盤上，別人什麼時候動手的，我們竟然一點都不知道！」

「這幫人的手段一點都不比我們差！」小吳看著方國坤，「確實讓人防不勝防！」

「放屁！」方國坤有些生氣，「還是我們沒有用心，如果連這點事都辦不好，還要我們這個部門幹什麼！」

「是！」小吳有些慚愧，「今後我一定多加防範，絕不讓此類事情再度發生！」

「現在最要緊的，就是先查清楚軟盟到底有沒有丟失技術核心！」方國坤一皺眉，「看來我只能親自走一趟海城了！劉嘯葫蘆裏到底賣的什麼藥，也只有他自己清楚了！」方國坤一頓，道：「你就留在家裏，全力追查行竊軟盟的事！」

「是，你放心吧！」小吳一個立正，「這次絕不會出任何差錯！」

軟盟只是把自己被竊的消息剛剛放出，軟盟的門就讓媒體的記者擠破了，大家好不容易盼到在電腦領域，國內終於有個能拿得出手的技術了，誰知還沒來得及高興，轉眼軟盟就被竊了，大家都很關心軟盟的損失到底有多嚴重。軟盟只好臨時借用大樓裏的一間大型會議室，召開了一個臨時發布會，負責為媒體答疑的，就是業務主管了。

「請問，可否詳細說明一下軟盟這次被竊的過程，以及損失情況！」媒體們直接開門見山，甚至都來不及向軟盟表示一下同情什麼的。

「軟盟被竊的事，是我們今天早上才發現的！」業務主管一臉深沉，看不出任何表情，「但根據我們的技術分析，事情應該發生在三天之前了，對方事先是有所準備的，他們控制了整座大樓的電子監控系統，而且行竊的人中，還有負責開鎖的專家，所以整個過程才會如此順利。根據我們的初步統計，這次事件對軟盟造成的損失很嚴重，幾乎所有部門都有不同程度的損失，目前我們已經向海城市網監大隊報案，全力追查凶手！」

「軟盟的策略級技術核心是否在損失之中？」記者們又問道。

「這個……」業務主管表現得有點遲疑，像是拿不定主意，該說不說似的，最後才道：「這個還在進一步的估算當中，目前無可奉告！」

「那就是說，軟盟的策略級核心有可能已經被竊？」記者緊追不捨。

「無可奉告！」業務主管還是那句話。

「你認為什麼人的嫌疑最大，下一步軟盟準備怎麼做？」記者們只好換個話題。

「不管是誰，軟盟都將會追查到底！至於接下來軟盟的打算，我剛好趁著這個新聞發布向諸位媒體以及所有關心軟盟的朋友告知一下。」業務主管頓了一頓，「經過軟盟管理層集體商議決定，軟盟將出售旗下所有的業務，軟盟歡迎有興趣有實力的代理商和同行前來洽談，稍後軟盟的官方網站將會公佈出詳細的業務類項，大家可以去看一看，也可以致電軟盟瞭解！」

這下媒體就有點亂了，開始猜測了起來，有的乾脆就直接問了出來，「請問，此次出售業務的決定，是否和軟盟技術機密被竊有關係？」

「無可奉告！」業務主管面無表情，「公司並沒有告知我這方面的消息。」

「那請問，出售所有業務之後，軟盟會做什麼？是有新的項目推出呢，還是有什麼其他的打算，能不能說明一下？」

「對不起，不能！」業務主管微微一歉意，「這屬於軟盟的企業機密，到可以公佈的時候，軟盟會及時通知諸位的！」

「今天新一期的《安全》和《電腦》，都刊登了對軟盟極為不利的言論，軟盟對此如何評價？你是否認為這和技術被竊的事有聯繫？」

「你所說的文章，我們已經注意到了，我們認為那不過是無稽之談，文章的作者根本就沒有接觸過策略級技術，軟盟將保留追究他們法律責任的權利。至於是否和技術被竊有關，在警方調查之後自然會有結論！」業務主管說完，「好了，本次新聞發布會到此結束，謝謝諸位媒體朋友對於軟盟的關注，大家可以從軟盟的官方網站上瞭解到事情的最新進展，謝謝！」

業務主管說完，對諸位媒體致意之後，便離開了會場。

媒體私下裏互相交流了一下對這件事的各自看法，便也匆匆離開，趕回去發稿去了。等他們把軟盟的這個決定發出去之後，一下就全亂了，顧振東亂了、熊老闆亂了、李易成亂了，誰也不知道軟盟在搞什麼。

而完全亂了陣腳的，卻是那些要對軟盟下手的人，他們都不想看著軟盟起來，所以在限制軟盟上，大家的步調是一致的，但是在由誰最後得到軟盟的策略級技術的問題上，卻是各有各的心思和打算。

早上看到金品學和孟州的文章，這些人就開始納悶了，自己還沒準備用這招呢，這是誰啊，怎麼不打個招呼，就自己先動手了呢？

細細一想，又覺得不對，因為大家是約定了共進退的，現在正在準備搞第二次網路襲擊的事呢，誰還會有工夫去搞這個啊？

這些人心裏都有一種不祥的預感，難道是半路裏殺出個程咬金，想弄到軟盟策略級技術的人又多了一個？

他們剛派人去查這個事情，轉眼又收到軟盟遭竊的消息，這下誰也坐不住了，肯定是哪個王八蛋搶先對手了，也不知道軟盟的技術核心被竊了沒有？要是真被人弄走了，那自己就得安排下一步行動了，絕不能讓這個王八蛋獨吞了！

第二撥人於是也派了出去，專門負責調查這竊密的事是誰幹的，兩撥人還沒消息回來，軟盟的第三個消息就又來了，軟盟要售出自己旗下所有的業務，這是什麼意思啊？很明顯，要麼就是頂不住壓力了，出售業務搞妥協，要麼就是技術機密丟了，趁著別人還沒掌握之前，趕緊撈一筆錢回收成本。

但究竟是哪一種可能，誰也說不準。這事還沒法查，非得等前面兩件事搞清楚了，才能知道是怎麼回事。這些人準備了多日的計畫此時全部被打亂了，再次襲擊國內城市職能網路的計畫就此終結。

誰都不是傻子，自己這邊按照約定，費心費力搞襲擊，而別人卻偷偷去直接把軟盟就給抄了，那自己不就成了二百五嗎，被人賣了還幫人數錢呢，這樣的傻事，誰幹！

方國坤走進劉嘯辦公室的時候，劉嘯正在接電話，方國坤就聽到一句，「不光是業務，我還準備把軟盟的股權，以及軟盟的技術核心統統賣掉，熊哥，你那四成的股權怎麼辦？你要是拿不定主意，我可就幫你賣掉了！」

「行行行，我知道了，我這裏來了客人，我回頭再打給你！」劉嘯說完掛了電話，站起身來，「我就知道你肯定會來，來，快請坐！」

方國坤哪有心思坐，「你真準備……」

「我知道你要問啥！」劉嘯抬手打斷了方國坤的話，「可你今天什麼都不要問，我不會把你想知道的答案告訴你！」

「你……」方國坤吃了個癟，道：「那我什麼也不問了，我就問一個問題！」

劉嘯搖頭，笑著：「我說了，我什麼都不會說的！」

方國坤看著劉嘯，「我來又沒有惡意，只是想看看有什麼能夠幫得上忙的。」

「謝謝你，其實你今天能過來，我就非常感激你，我知道你是誠心想幫我們的。」劉嘯笑了笑，「可有些事情必須是要由我們自己來解決，你們出面不合適，你們只要做好自己的份內職責，就算是幫了我們了！」

「我只想知道，你們的技術核心到底還在不在自己手裏?!」方國坤怒了，瞪著劉嘯。

此時劉嘯桌上的電話又響了起來，「對不起，我去接個電話！」

劉嘯拿起電話，就聽顧振東在裏面喊道：「劉嘯，你到底搞什麼名堂，你讓我找人寫文章，我也找了，可你怎麼能售軟盟的業務呢，你總得跟我商量一下吧！再說，就算是要出售，那也不能在這個時候吧，我那邊剛找人罵完軟盟，你這邊順手就賣，那能賣出幾個錢啊，我要是不是在雷城，我真想把你腦袋敲開，看看你到底在想什麼？」

劉嘯聽他說完了，才道：「你不要著急，我一會再打給你解釋，我這裏現在有客人！」說完，他再次掛了電話。

方國坤趕緊又道：「今天你必須把這個事情給我說清楚！」

「我……」劉嘯剛一張嘴，桌上的電話又響了起來，「實在對不起，我再接個電話！」接起來，電話那頭卻變成斯捷科的人，「劉總，你們真的打算出售軟盟的業務嗎？」

劉嘯點頭，「沒錯！」

「我們斯捷科想買下你們在俄羅斯境內的所有和策略級產品有關的業務，可以談嗎？」對方估計是讓劉嘯這三天兩頭變，搞得心裏沒準了。

「可以談，你現在就可以派人過來談，直接找我們的業務主管就可以！」劉嘯笑著，「只要價錢合適，我們馬上就可以簽合同！」

對方一聽簽合同，就放心了，道：「那我們立刻派人過去！」

「好，再見！」劉嘯掛了電話，再一看，方國坤已經氣得走人了，只好無奈地搖了搖頭，坐回到椅子裏。剛坐下，電話又是響個不停。

方國坤一看劉嘯那樣子，就知道自己不可能從他那裏得到什麼答案了，氣乎乎地出了劉嘯辦公室。

一腳正踏出軟盟的門，那邊的客服美眉朝著方國坤一欠身，露出一個甜美笑容，「方先生慢走，歡迎您常到軟盟來！」

「咦！」方國坤突然又站住了腳，轉身站在軟盟的門口，往裏掃視著軟盟的每一個角落。

目光所及之處，軟盟的每一個員工的都在各自的電腦跟前忙著，偶爾有人從工作區穿過，也是飛快走過，直奔自己的目的地，沒有人在閒聊，也沒有任何人在議論，整個公司裏秩序井然有序，和自己前幾次來，沒有一絲一毫的差別。

這怎麼可能呢，軟盟出了這麼大的事，就算劉嘯那裏看不出什麼異常，不可能這麼多員工身上都聞不出一絲異常的味道吧，自己想像中那種焦慮、恐慌、亂做一團的景象是一點也沒看到。

「方先生！」美眉也被方國坤這舉動搞迷糊了，「您還有別的事嗎？」

「哦，沒了，沒了！」方國坤趕緊應了幾聲，可目光還在軟盟裏面，最後實在沒有看出什麼異常，他突然道了一聲，「我明白了！」然後轉身進了電梯。

「明白什麼了啊！」前臺美眉撓著頭，站在方國坤剛才站的地方，使勁朝裏面看著，最後一臉納悶地站回到自己位子上，「什麼也沒有啊……奇怪……」

海城，一座非常僻靜的別墅。

地下室裏，擠著十幾台電腦在那裏，七八個人正在電腦前劈哩啪啦地忙著。突然房門被人打開，進來一個人，那人進來之後的第一件事，就是開燈，太黑了，他什麼也看不見。

突如其來的強烈燈光，刺激得那幾位待在電腦前的人不由自主地瞇起了眼睛，把目光從電腦上挪開。

「怎麼樣？從軟盟得到的資料解開了沒有？」進來那人開口問道。

此時燈光大亮，眾人看清楚了來人的樣貌，是一個身材非常魁梧的老外，還是個老頭，年紀大概五十多歲，一身西服剪裁得體，看起來非常有威勢。

「沒有！」電腦前站起一個人，同樣是個老外，只是不那麼魁梧，也很年輕，大概二十多歲的樣子。「我們已經盡力了，但還是無法將這些檔復原！」

「這麼說，我們這次是白做了？」這個老頭非常不滿意，一臉不悅。

「這是一種電子印章系統，只有軟盟自己的人才知道如何復原！」年輕老外皺著眉，「我們當時行動太匆忙了，為了節省時間，把資料複製了就走，如果我們當時能在軟盟的電腦上打開這些資料的話，就應該可以看到裏面的內容！」

「那你的意思，讓我再派人去一趟軟盟？」老頭更加不悅。

「軟盟現在肯定加強了防範，那些同行此時也已經知道有人搶先動手了，他們正在調查呢，中國方面也開始行動了，上次的機會是不會再有了！」年輕老外嘆著氣，一掌拍在旁邊一台電腦上，電腦桌連帶著桌子頓時一陣亂晃。

「那你的意思呢，我們這次的行動就失敗了？」老頭似乎非常喜歡反問，這已經是第三個問題了。

「失敗倒也未必！」年輕老外走到老頭跟前，「軟盟突然做出了出售旗下所有業務的決定，你覺得是因為什麼？」這次他也來了一個反問。

「你是說，我們拿到的這堆解不開的資料裏，有可能真的包括了軟盟的技術核心資料？」老頭照例來了一個反問。

「很有可能！」年輕人看著老頭，「否則軟盟為什麼會突然做出這個決定呢，這完全不符合他們之前定好的發展策略。」

「那我們現在該怎麼辦？」

「沒有什麼好辦法，這堆資料現在只能移交給國內的總部，讓他們另找專家來破解。」年輕老外捏了捏鼻子，「另外，我準備向總部提出申請，讓你以公司的名義去和軟盟接觸，看看他們出售業務是真是假。一旦是真的，我們就必須聯合其他同行，趁著這個機會，集體來打壓軟盟的出售價格，這樣即便我們得到的資料裏沒有核心技術資料，我們也可以掐住軟盟的命脈！」

「你終於出了一個聽起來還算不錯的主意！」老頭也是捏了捏鼻子，「那我這就去安排一下！」

「對了，讓你去查那些專家的文章，有什麼結果沒？」年輕人再次問道。

老頭搖頭，「還沒有查到那些專家是受了誰的指使，但絕不會我們的同行，他們向我保證過了！」

「這個事情也絲毫不能放鬆，必須儘快找出這些專家身後的人，很有可能他也是我們的一個同行，對軟盟也是志在必得，如果不找出來，很有可能我們集體壓價打壓軟盟的計畫就要失敗！」年輕老外分析著。

「這用得著你來教我嗎？」老頭嗤了一口氣，轉身離開。

老頭一離開，其他幾個年輕人道：「約翰永遠都是這付臭脾氣！」

「他上次辦事不利，總部派我來接管中國境內的一切活動，約翰有點不高興罷了！」年輕的老外拍了拍手，「我們繼續工作吧！」說完，他過去按滅了地下室的燈。

這幫人習慣了在黑暗裏工作，這能讓他們始終保持一種興奮和精神高度緊張的狀態。

斯捷科是第一個跑來和軟盟洽談的企業，第二天一大早，他們就派來了那個經常跟在中國區經理身後的那個中國跟班。

「對於貴方開出的價格，我們斯捷科無法接受！」那個中國跟班名字叫做屈浩，他此時正在爭取把軟盟的價格拉下來，「軟盟發生的事，我們已經瞭解了，在外，是國內的一些權威集體向軟盟開炮，昨天是金品學和孟州，今天又跳出兩位專家；在內，軟盟遭竊，技術核心是否遭竊現在都還無法確定，可以說，我們買下軟盟在俄羅斯的所有業務，是冒了風險的。」

「這個價格已是底價，如果不是看在我們之前有合作的份上，這個價格你根本見不到！」業務主管拿手指輕敲著桌子，「至於你說的那些情況，你心裏比我更清楚，那些專家的話純屬是在放狗屁，如果我們的策略級技術是偽科學，是垃圾，你會這麼趕著跑過來和我們談合作嗎？請你不要再說這樣的話，這是侮辱我們軟盟的技術，也是在侮辱你們自己的智商！」

屈浩在軟盟業務主管前，顯得還是有些稚嫩了點，他尷尬地咳了兩嗓子，說：「那軟盟遭竊的事總是事實吧，這就是說，未來很有可能還會有人拿著同樣的技術來衝擊俄羅斯市場，那我們從軟盟購買這項業務，要冒著被人阻擊的風險。」

「做什麼生意沒有風險？」業務主管反問對方一句，然後道：「而且我們已經把你們的風險考慮在內，按照你們之前保證的每年五萬套的銷量計算，我們用這個價格把這項業務出售給你們，你們從製造生產到銷售以及最後的售後服務，你們的成本大概每套不足三萬美金。而我們現在這套產品的售價是三十多萬美金，代理價都是十萬美金，你們拿到這項業務後，每年的利潤有多少，你是可以計算出來的！」

「但問題是，你們現在無法保證不會冒出一個潛在對手來，也就是說，市場存在不確定因素，一旦對手出來衝擊，我們可能甚至連成本價都賣不到，或者是無法達到事先預計的銷售額。」

「那你的意思，是要我再給你簽個保證書？」業務主管嗤了口氣，「沒這種事，也從沒這種慣例！如果你認為會有潛在的對手出現，那你可以不購買我們的產品，你可以等別人也拿出策略級技術之後，再去購買他們的產品，或者去做他們的代理商，或許他們的價格要比我們軟盟便宜很多！」

「這……」屈浩很鬱悶，「我不是這個意思！」

「你的意思我沒有必要明白，我現在把軟盟的立場再次聲明一下！」業務主管看著屈浩，「誠心來談合作的，我們歡迎，抱著想把寶貝當垃圾撿的人，最好不要進我們的門，你明白嗎？這是軟盟的原則！如果你們不願意促成這樁合作，那今天就不要來，我們會按照以前的合作協議繼續做下去，如果你要是覺得有可能遭受損失，想中斷以前的合作協議，那你可以明說，沒必要這麼拐彎抹角！」業務主管說完，瞪眼看著屈浩。

「我……我真不是這意思！」屈浩讓業務主管這一頓吼，完全弄亂了陣腳，「我就是把自己的顧慮說了出來。」

「那你到底是什麼意思？」業務主管看著屈浩，「如果你連自己的意思都弄不清楚的話，麻煩你先回去想清楚了再來，不要拿一些亂七八糟莫須有的理由來耽誤我的時間！」

業務主管說完，直接拍桌子朝門口一揮手，「請！小王，幫我送送屈先生！」

然後不等屈浩說什麼，自己先走了出去，到了門口還一臉不爽，道：「沒見過這麼談生意的，怕賠就別做生意啊，莫名其妙！」

斯捷科派屈浩來，還真是失策，他的理由是沒錯的，都是實情，但錯在不會講話，讓老江湖逮到一個語病就能置你於死地，本來自己有理的事，也變得無理。

生意場上一般沒人會像屈浩那樣說話，做生意沒有不賠的，大家只是在可以規避風險的範圍內儘量把價格往自己的心理價位靠近，但他那樣說，擺明了是說自己會賠錢，然後希望把這個風險嫁接到軟盟頭上。

憑啥啊，軟盟又不是傻子，憑什麼要給你擔風險，那你賺錢的時候有沒有也想著分軟盟一點呢，軟盟都還想著要把風險轉移到別人腦袋上呢！還有，你要是懷疑軟盟的技術實力，也懷疑軟盟的核心技術被人竊走了，那你就不要來談合作的事啊，來了又說這廢話，這不是給人添堵嗎！

業務主管罵完，突然調頭，快步奔劉嘯辦公室去了。

「怎麼樣？」業務主管把剛才談判的過程跟劉嘯復述了一遍，然後邀功似地看著劉嘯，「你看我剛才的表現還行吧！」

「行行行，太行了！」劉嘯笑著給業務主管倒了杯水，「來，辛苦了，喝口水！以後都這個態度，繼續保持啊！」

「辛苦啥呀！」業務主管直擺手，「一點都不辛苦，有聽說過裝孫子辛苦的，哪有裝大爺還辛苦的，不辛苦，不辛苦，很爽！」

劉嘯被業務主管的話給逗樂了，哈哈大笑，「那也別忘了正事！」

「忘不了，不就是把這些前來洽談的公司的名字、資料都登記下來嘛！」業務主管拍著胸脯，「放心吧，絕對是一個不漏。」

「記下來還不算完，你要把這些公司的資料全都移交給商越，讓她好好查查這些公司的底，一定要查清楚，我有用！」劉嘯吩咐著。

「我知道，我知道！」業務主管點著頭：「我辦事，你就放心吧！」

正說著，辦公室的門被人敲了兩下，冒出個人頭來，朝著業務主管直招手，「頭，又來一公司，說要談購買咱們業務的事！」

「得，又來一孫子上門找碴來了！」業務主管把水一口喝完，朝劉嘯打著招呼，「那我就先過去了！」

「呵呵，去吧！」劉嘯無奈地搖著頭，看著業務主管興沖沖奔了出去。

沒一會兒，就見門又被人推開了，劉嘯抬頭看，只見熊老闆一臉不悅地站在那裏。

「熊哥，你從封明回來了？」劉嘯非常高興，過去招呼熊老闆，「快坐，我給你倒水！」

「我能不回來嗎！」聽熊老闆的口氣，就知道他很不高興，「我要是再晚回來一些，這軟盟就不知道要姓什麼了！」

「生氣了？」劉嘯笑呵呵地看著熊老闆，「這事我本來要跟你解釋的，可昨天一開完新聞發布會，我的電話就被打爆了，全是問這事的，後來我一急，就把電話線給拔了，手機也關機了，這事就給忘了！」

「這麼大的事你也能忘了，那你還能記得什麼！」

在劉嘯印象裏，熊老闆發這麼大火，還是頭一回，於是他緊了緊神色，道：「按說我做決定之前，是應該和熊哥你商量一下的，只是這次的事有些特殊，連軟盟都被人盜了，我也只能把全盤計畫憋在自己的肚子裏。現在熊哥你既然都從封明趕回來了，那我必須給你一個交代！」

熊老闆氣哼哼坐到了沙發裏，等著劉嘯的解釋。

「軟盟能有今天，絕對離不了熊哥的幫助，如果不是你當年買下軟盟，交給我打理，那軟盟要麼早已灰飛煙滅，要麼成了別人的一個子公司。」劉嘯看著熊老闆，「熊哥當年之所以能夠買下軟盟，是因為信任我，我當時對你說過什麼話，做過什麼承諾，我全都記得，而且從來都沒有忘記過，我不可能做出傷害你、對不起你的事！」

熊老闆的面色終於有所緩和，道：「你坐下慢慢說！」

「具體的事情我也不說了，我就問熊哥一個問題！」劉嘯道：「熊哥當年購買軟盟總共花了多少錢？」

「你很清楚啊，四億！」熊老闆不明白劉嘯這話是什麼意思。

「熊哥你對軟盟有恩，可我只是一個做技術的，無權無勢，別的也幫不到你，唯一能幫到你的，就是讓你手裏的股權升值，提升你的身價。」劉嘯苦笑著說，「我不是真的要出售軟盟的股權，但股權捏在自己手裏，就不會有人知道它的價值，我是想把它拿出來，讓那些人幫咱們估個價。熊哥當時花了四億的人民幣，但我可以保證，只要你拿出股權，馬上會有人給你追加到四十億美金。或許軟盟不值這麼多錢，但從四億人民幣到四十億美金，只用了半年多的時間，這種升值速度，怕也是一個無人可以企及的記錄吧，熊哥會因此成為國內名副其實的投資界第一人。錢對你來說或許作用不大，但有了這個名頭，我想熊哥將來不管辦什麼事，都會方便很多，就眼下來看，我想肯定會給你在封明的項日帶來極大的好處。」

熊老闆沒想到劉嘯的解釋竟是這樣，愕然之後便是慚愧，站起來拍了拍劉嘯的肩膀，「難得你能時時想到我，我卻不相信你，還跑來責問你，讓我很慚愧！」

「沒事，說開就沒事了，怪我不該不先給你解釋清楚！」劉嘯說道。

「是我多心了，怎麼能怪你！」熊老闆把劉嘯按到沙發裏，親自去給劉嘯倒了杯水，「是我糊塗啊，聰明一世，卻糊塗一時，你是什麼樣的人，別人不清楚，但我是最應該清楚的！」

劉嘯趕緊起身去接了杯子，「事情已經說開了，咱們就不要再說這些見外的話了！」

「好，不說！」熊老闆爽朗一笑，「這輩子能交你這麼一位朋友，真是值了，你這是給我送了一份大禮啊！」

熊老闆比誰都清楚，別說是四十億美金，就是四億美金，這種升值速度也是無人能及的，就像劉嘯所說，自己會立刻變身成為國內最成功的投資者，現在自己這個投資第一人都跑去封明搞投資了，這意味著什麼？意味著封明有著巨大的商機，一旦消息傳出，那後面的跟風者就會蜂擁而至，大筆的財富將隨之快速湧入封明，這對早已在封明布好局的熊老闆來說，簡直就等於是別人搶著往自己口袋裏塞錢。

劉嘯笑說，「能不能成功，全看怎麼操作了，所以我也是沒辦法，必須要對全盤計畫保密！」

「應該這樣！」熊老闆微微頷首，「你這樣做是對的！要不這樣，以後再有誰來質問你，你就全推到我身上，就說是我讓你幹的！」

劉嘯「呵呵」笑著，「沒事，我電話關幾天，就啥事都沒了，剛好迷惑一下對方，讓他們猜去吧，只要他們一亂，咱們的機會就來了。」

「也行！」熊老闆點頭，然後站起來道：「走，咱們殺兩盤去？」

「怕是走不開啊！」劉嘯苦著臉。

「下棋又不耽誤什麼工夫！」熊老闆過來拽住劉嘯胳膊，「走走走，到我那裏去！你不知道啊，在封明整天被老張那臭棋簍子追著下，我都快愁死了！」

劉嘯無奈，只得把事情都安排了一下，然後跟著熊老闆下棋去了。

第十章　系統崩潰

戴志強掏出一份文件，「問題已經找到了，是你們的操作員在檔案解密時沒有按照安全守則進行，結果造成病毒爆發，致使整個系統崩潰，這個責任不在我們ＯＴＥ，不屬於我們免費維修範圍！這是責任聲明書，麻煩簽個字！」

業務主管很快就不覺得裝大爺是件美差了，因為孫子實在是太多了，只幾天的工夫，來和軟盟聯繫的企業已經超過了上千家，親自上門的、打電話的、發傳真E-Mail的，平均每天他都得應付兩三百家，把他累得跟狗似的。

這些企業幾乎一樣，全都是抱著撿便宜的心態來的，出的價格都很低，和軟盟的底價相去甚遠，忙活了好幾天，一項業務也沒賣出去，這再來的企業，開出的價格就越來越低了。

「劉總，我已經統計過了！」業務主管和商越向劉嘯彙報著這幾天的情況，「這幾天共有一千三百多家企業來和咱們聯繫，基本上我們分出的三百多項業務都有人來接洽，但絕大多數的企業，都是衝著策略級市場來的，對我們以前舊業務感興趣的，都是國內一些小企業。比如說那個牛蓬恩，他本來是做我們海城的代理商，現在想買下我們在海城的安全諮詢等一些小業務來做。」

劉嘯點了點頭，然後看著商越，「你說說調查的結果！」

「我已經對這一千三百多家企業中的七百多家進行了調查，其中有四百多家是沒有什麼背景的，剩下的二百多家，有兩百多家提供的資料都是假的，剩下不足一百家的企業是有外資背景的。」商越頓了一頓，「我重點對這些有外資背景的企業進行了調查，他們的資金鏈的越往上越集中，一百家的企業，最後全都是掌握在七家國外大型投資公司手裏。」

「很好！」劉嘯捏了捏手指，「我早料到會是這樣，你再對這七個大型投資公司進行深入調查，看看他們到底是做什麼的，和之前打擊我們那些國內優秀企業的事有沒有聯繫！」

「我已經在查了！」商越說著，「這些公司的底非常深，而且能夠得到的資訊太少，要想調查清楚，我估計得一段時間來進行！」

劉嘯點頭，「你儘管去調查就是，咱們有時間！」又道：「這件事就到這裏吧，我估計那些假的企業，也是這七個投資公司搞的鬼，先不管他們，讓他們隨便折騰去吧！」

「再折騰我就受不了了！」業務主管忙訴苦，「天天跑來說那種離譜的價格，他們也好意思說出來。」

「我們想把他們弄亂，他們也想把我們弄慌！」劉嘯笑著，「你只當沒聽見就行了！」說完看向商越，「最近輿論方面有什麼變化？」

「沒什麼變化！」商越搖著頭，「還是千篇一律地詆毀我們軟盟，全都是毫無根據的猜測和指責！」

劉嘯算了算日子，然後道：「再讓他們鬧上一段時間，等輿論開始變化時，我們的機會就來了！」

「什麼變化？」業務主管有些不解，「咱們要是不出手，難道還指望別人幫我們說好話嗎？」

「這很難說！」劉嘯笑說，「任何事情都有個底限，那些人費盡心思想弄到我們軟盟，不會是想得到一個名聲臭到極點的企業吧，也不會想要一項已經被認為是垃圾的技術，所以只要打壓到了一個限度之後，他們就會反過來提升軟盟的品牌價值、技術價值。這就和做股票一樣，打壓到自己的心理價位後便大量吃進，之後會盡出利好消息，讓股票快速升值。」

「會嗎？」業務主管有些不信，現在別人巴不得把價格再壓低一點，怎麼會幫著軟盟出利好的消息。

「看看就知道了！」劉嘯呵呵笑著，「等輿論一旦轉向，那我們的機會就來了！還有，你準備一下，放風出去，就說辰瀚集團準備出售手裏的軟盟股份。」

「不會吧！」業務主管蹦了起來，「熊老闆要撤資了？」

「你把消息放出去就行了！」劉嘯沉了沉眉，道：「但現在還不是時機，要再等上幾天，這個時機不好把握啊，等趕在輿論轉變風向之前放出去。」

「那我對輿論的監控得再加強一些，隨時向你們通報情況！」商越說。她和業務主管不同，對劉嘯的話一點也不驚訝。

「我真是搞不懂了！」業務主管搖著頭，「那行，我會和商越隨時溝通，爭取在最好的時機裏把這個消息放出去。」

「最後一件事，就是繼續做好自己的工作，不能有什麼動搖軍心的情況出現，我們所有既定的工作業務，必須按照進度進行！」劉嘯強調說。

兩人都點了點頭，「這你放心，這個咱們一直都沒放鬆過，員工情緒目前很穩定！」

「那就好，你們都去忙吧！」劉嘯站了起來，「記住，出售股權的事，絕不能外洩！」

歐洲。

就在劉嘯他們開會的同時，在瑞士國境內的一座大廈裏，幾個人正站在大螢幕前來回踱著步。

「ＯＴＥ的人怎麼還沒來？」一位鷹鼻藍眼，一頭捲曲金髮的老外在控制臺上狠狠一敲，「約翰他們搞來的這是什麼狗屁資料，竟然把整個公司的系統都搞崩潰了！」

一旁有人往前走上一步，「ＯＴＥ的人應該馬上就到，他們的辦事效率向來很高！」

「他們還說自己的系統從來不會出毛病！」金髮老外很生氣，「可現在怎麼樣，不照樣癱瘓了嗎？」

旁邊幾人頓時沒話說，站在那裏各自盯著自己的腳尖。

「砰」一聲，門被推開了，進來一位黑髮黑眼睛的東方人，看來三十多歲，一進門就道：「我是ＯＴＥ歐洲區的技術負責人，戴志強！」

金髮老外頓時換上一臉笑容，「歡迎你，戴先生，等你很久了！」

「很久了嗎？」戴志強看看自己的手錶，「從接到你們的故障通知到來這裏，我只用了不到半個小時！」戴志強說話的口氣，和文清出奇地相似。

金髮老外有點尷尬，這個速度，估計戴志強是坐直升機來的，已經夠快了，「不是這個意思，ＯＴＥ的辦事效率我們……」

「說正題吧！」戴志強打斷了金髮老外的話，「系統故障之前，你們進行過什麼操作？或者發現過什麼異常情況？我們的系統有各種防範措施，問題不會出在我們的程式上。」

「這……」金髮老外猶豫了一下，然後朝身後的人一使眼色。

他身後便站出一個人來，道：「我叫史密斯，是這裏的網路負責人，情況是這樣的。我們的下屬公司今天向總部發來一些資料，結果出了點問題，資料打不開，好像是被加密了，剛好下屬公司不知道出了問題，聯繫不上，我們只好找來解密高手來破解，誰知負責解密的機器突然崩潰，然後整個公司的系統相繼崩潰，我們試了系統恢復，但毫無效果。」

「那就是病毒了！」戴志強連那台出事的電腦都沒看，就做出了判斷，「你們下屬公司發來的資料中，肯能夾帶了病毒程式。」

「不會吧！」史密斯不解地看著戴志強，「那些資料根本無法打開，是不能被運行的，再說了，我們也只是在解密！」

「帶我看看那台電腦！」戴志強並沒有回答對方的問題。

「好，這邊請！」史密斯向金髮老外一請示，看金髮男子點頭，便帶著戴志強進了一旁的機房。

這個機房的措施竟然比愛沙尼亞那個次級網站的機房還要嚴格，兩人一連穿過三道門，每道門都有檢驗設備，不能帶電子設備進去，也不能帶電子設備出來，甚至任何可疑的東西都能被檢測出來。最後一道門前，還有負責除塵滅菌的設備。

兩人被除塵滅菌之後，又穿上一套無菌的工作服，戴上頭罩鞋套，才進了機房。

「就是這台！」史密斯指著其中一台電腦，然後按了那台電腦的開機鈕，幾分鐘後，機器運作了起來。

史密斯接著道：「你看，這台電腦現在運行得非常緩慢，而且不能執行任何程式。」

戴志強走過去，道：「你們下屬公司傳來的文件呢？」

「在這裏！」史密斯過去翻點了幾下，螢幕上立刻出現一堆無法識別的文檔，「就是這些。」

戴志強拉出鍵盤，飛快地按了幾個按鍵，然後就彈出個很奇怪的視窗，戴志強又輸入幾個命令進去後，史密斯就發現機器上的程式可以被執行了。

只十來秒的時間，戴志強就完成了，「好，問題已經找到了！」

再次來到之前的那個控制大廳，戴志強從公事包裏掏出一份文件，「問題已經找到了，是你們的操作員在檔案解密時沒有按照安全守則進行，把機器與公司的系統互連，結果造成病毒爆發，致使整個系統崩潰，這個責任不在我們ＯＴＥ，不屬於我們免費維修範圍！這是責任聲明書，麻煩簽個字！」

戴志強把文件遞了出去。

史密斯急道：「這怎麼可能是病毒，那些檔根本無法識別，怎麼可能被運行！」

「不被運行，不代表病毒程式不能被執行！」戴志強只好把文件收了回來，「那些資料根本就是定時炸彈，除了有電子印章加密外，還有一套反破解的系統，在破解的時候，一旦你們在程式流程上判斷錯誤，就會立刻觸發病毒，這就和拆炸彈是一樣的，一旦剪錯了線，就會轟一聲！」戴志強做出一個爆炸的手勢，「還需要我再解釋得明白一些嗎？」

「廢物！」金髮男子也不知道罵了誰一聲，然後換上笑臉，看著戴志強，「是我們的責任，這個文件我簽！只是，我們想儘快恢復系統的運行，你也知道，我們公司業務實在龐大，沒有這套系統根本無法運作。」

「沒有問題，這個病毒我們可以解決！」戴志強把文件遞給金髮老外，從公事包裏又掏出一份文件，「一千萬歐元，賬到我們的戶頭上，我就開始幫你們修復！」

金髮男子一怔，然後一咬牙，把兩份文件都簽了，順手塞給身後一人，「馬上去匯款！」說完回身看著戴志強，笑道：「戴先生既然知道那些資料的玄機，一定可以解開吧？」

「解開那些文件本來是沒有問題！」戴志強皺了皺眉，「但現在病毒已經被觸發，就沒有機會了！」

「怎麼說？」金髮老外很納悶，怎麼病毒觸發後就不能解開了。

「這種病毒是屬於反破解系統的，一旦被觸發，它的第一功能就是將加密資料字元完全打亂，而且是無規律的，第二功能才能懲罰惡意破解的人！」戴志強看著金髮老外，「我不是說了嗎，這就和定時炸彈是一樣的，你可曾見過炸彈被引爆之後，還能再修復的？」

「呃……」金髮老外就傻了，炸彈炸都炸了，怎麼能復原，他現在很生氣，千辛萬苦弄來資料，結果全廢了，永遠都無法復原了。

「另外，我還得提醒你們一句！」戴志強將自己的公事包往旁邊的控制臺上一放，「那些資料你們不能再留了，那是一顆定時炸彈，但和炸彈又不同，炸彈炸一次，它的使用價值就會消失，但電腦上的程式不同，它不會自動消失，病毒被觸發後，它就會不定時地再次爆發，只要它發現病毒被清除，就會再次感染你們的電腦。所以，不要再想著對它進行復原了，這是不可能的事。」

「如果我們有備份呢？」史密斯看著戴志強。

「就算你們有備份，重新破解，但程式的流程走向是成千上萬的，你不會知道對方會在哪個流程上設置引爆裝置，這次引爆了是這種病毒，下次引爆，就不一定還是病毒了！」戴志強看著史密斯，「你叫你們下屬公司把資料重新發一遍就行，何必這麼麻煩！」

史密斯點頭，不過旁邊的金髮老外卻道：「我們的意思是，你能不能幫我們把這些加密的檔解開，因為我們的下屬公司已經把原件丟了，只有這些被加密過的檔了。」

「是這樣啊……」戴志強有些遲疑，沒有直接答應。

「你放心，價錢絕對讓你滿意！」金髮老外笑著。

戴志強看了看時間，「行，那就一千萬吧！」說著，又拿出一份文件，「簽個字吧！」

這才一會兒工夫，兩千萬歐元就沒了，這錢花得金髮老外有些心疼，但沒辦法，咬著牙又把這份文件簽了，「那就麻煩戴先生了，這些文件對我們很重要！」

「好！」戴志強把簽好的文件接過來塞進公事包，「那我就試試吧！」然後看著史密斯，道：「你去把機房門口的檢測規則調整一下，我要帶一些東西進去！」

史密斯看金髮老外點了頭，這才道：「好，我這就去調！」說完，史密斯走進控制大廳一旁的小門。

過了幾分鐘，戴志強的手機響了，他拿起來一看，道：「好，錢我們已經收到，我現在就動手，先恢復系統，再幫你們解開檔案！」

「好，麻煩戴先生了！」金髮老外陪笑著。

此時剛好史密斯回來，他一擺手，史密斯便帶著戴志強朝機房走去。這次所有的人都跟了進去，門口負責檢測各種電子設備的儀器停止了運轉，但眾人還是穿上無菌的工作服。

戴志強也不知道用的是什麼工具，到機房隨便挑了一台電腦，把程式安裝好，程式就開始自動殺毒、修復系統，一切全都是自動化。

戴志強看著史密斯，「通知下去，所有的電腦都打開，不能有盲點，必須把病毒殺乾淨！」

史密斯拿起房門口的電話，吩咐了下去，沒過幾分鐘，那個程式就自動調出了網路內所有感染了病毒的電腦，自動複製過去殺毒，並且恢復系統。

此時，戴志強就放任程式自己去做這些工作，他來到之前看過的那台機器上，把那些被觸發了病毒的文檔全部刪掉，讓史密斯把備份的東西重新放上去，然後從自己的公事包又拿出一個硬碟，插上之後找了半天，才找到一個程式，運行後，從這些未知檔裏隨便挑了一個放進去，程式就開始了自動分析。

「這個程式會把所有設置了引爆點的關鍵流程找出來，然後自動切斷觸發程式的判斷流程！」戴志強看了看程式顯示，「一分鐘，稍等一下，一分鐘就好！」

一分鐘以後，隨著「叮噹」一聲提示，程式完成了分析，戴志強又調出一個程式，道：「這是負責解密還原的程式！」說完，他把已經做了分析處理的加密檔放進去，只是十來秒的時間，解密過程就結束了。

「好了，這個檔加密完成了！」戴志強讓出電腦前的位置，「你們看一下對不對！」

史密斯上前，發現之前還顯示是未知的文檔，此刻已經被系統識別了出來，是一個文檔，史密斯點開之後，很快就顯示了出來，不過他卻頭大了，裏面的方塊字他不認識。

他一回頭，「把翻譯叫進來！」

「漢字我認識！」戴志強此時已經看到了文檔的內容，「這是一部武俠小說，是中國武俠小說的一代宗師金庸的《連城訣》，我上學的時候看過，不會錯！」

「武俠小說？」史密斯完全傻眼了。

「沒錯！」戴志強點著頭，把文件往下拉了拉，確認了一下，道：「是《連城訣》！」

「廢物！」金髮老外又蹦出這個詞來。

他太生氣了，這幫廢物，連東西都沒搞清楚就給弄了來，還弄得整個公司雞飛狗跳，花了兩千萬歐元，就弄了本武俠小說?!

「那你再把其他的文件也復原了看看！」史密斯臉色也很不好看，還有著一絲的緊張。

「行！」戴志強說完，又對剩下的這些文檔進行分析和解密復原工作。

大概過了半個多小時，文檔的解密復原和病毒的清理同時完成，戴志強先把自己的程式收好，然後對史密斯道，「你去檢查系統的運行狀況，看看還有沒有什麼問題！」

此時那個翻譯也被召了進來了，他確認戴志強說的沒有錯，那些全是金庸的小說《連城訣》、《射雕英雄傳》、《天龍八部》……、等等，只有零星十來份，好像是什麼人事安排、廣告企劃案之類的文檔。

戴志強納了悶，一千萬歐元解開的所謂「很重要文件」，就是這些嗎？一套金庸全集，才幾十歐元不到。

金髮老外現在已經氣得說不出話來了，一聲冷哼，轉頭走了。

戴志強回頭看了看史密斯，「史密斯先生，如果系統沒什麼故障的話，那我就告辭了！」

史密斯無力地點著頭，「再見，戴先生！」

戴志強摸著腦袋出了門，他實在是想不通，這些人真是錢多了沒處花！

劉嘯估計著現在所有人心態都應該穩定下來了，就把手機開機，辦公室的電話也接了線，誰知剛弄好，電話就響了起來，劉嘯接起來，「我是劉嘯！」

「劉嘯啊，我是文清！」裏面傳來文清的聲音，「有件事，我要告訴你！」

「文清大哥你說！」劉嘯說。

「你們公司被竊，丟的那些文件，我知道落在誰的手裏了！」

「誰？」劉嘯急問道。

「瑞士的一家大型投資公司，名字叫做F・SK！」文清答道。

「消息確實？」劉嘯怕有什麼差錯，又向文清證實一次。

「確實，不就是幾本金庸的小說嘛！」文清笑說，「你可真夠損的，拿這些東西招待人家！」

劉嘯一聽金庸兩字就樂了，這肯定沒有錯了，那些東西都是自己弄的，那些偷資料的人一定很納悶，明明偷的是軟盟的資料，怎麼解密出來變成了武俠小說了呢？

其實很簡單，軟盟所有被認證過的資料，存檔以後就會自動生成一個影子檔案，公司正常的辦公期間，電腦上會顯示出正確的檔案，非辦公期間，就是那些影子檔案在冒充正常的檔案。如果只看檔案名字，你根本看不出什麼分別，拿回去才知道上當了。

「你小子在聽嗎？」文清看劉嘯半天沒說話，以為他跑去幹什麼了呢，問道。

「在呢在呢！」劉嘯趕緊應道，「你說，我聽著呢！」

「我不管你準備怎麼對付F．SK，但有件事我必須跟你說清楚！」文清頓了一頓，沉聲道：「F．SK的系統是我們OTE做的！」

「行，我知道了！」劉嘯笑著，文清的意思他明白，於是道：「放心吧，絕不會牽扯到你們的系統上！」

「呵呵！」文清笑了兩聲，轉而說別的話題，「你們的策略級引擎我們已經研究過了，很好用，用不了多久，我們就要對之前所有的項目進行安全模組升級，F．SK的那套系統也不例外！」

「那就更好辦了！」劉嘯大笑，「這次要讓他們哭都哭不出來！」

「行，那我去忙了！」文清說，「這手裏的活什麼時候才能弄完呢，頭疼，頭疼！」說完，就掛了電話。

劉嘯放下電話，出門直奔商越辦公室而去。一進門就問道：「你查到的那七個公司裏，有沒有瑞士的F．SK？」

商越一怔，隨即道：「有！怎麼了？」

「好，那就先查清楚這家公司的底！」劉嘯說。

商越納悶問道：「你得到什麼線索了嗎？」

「嗯！就是這個公司盜走了咱們的資料，咱們就先從他們身上動手！」劉嘯說。

「好，我知道了！」商越點了點頭，「我這就去查！」

劉嘯微微頷首，轉身離開了商越的辦公室。

請續看《首席駭客》十 關鍵線索

首席駭客 九 定海神針

作者：銀河九天
發行人：陳曉林
出版所：風雲時代出版股份有限公司
地址：105台北市民生東路五段178號7樓之3
風雲書網：http://www.eastbooks.com.tw
官方部落格：http://eastbooks.pixnet.net/blog
Facebook：http://www.facebook.com/h7560949
信箱：h7560949@ms15.hinet.net
郵撥帳號：12043291
服務專線：(02)27560949
傳真專線：(02)27653799
執行主編：朱墨菲
美術編輯：吳宗潔

法律顧問：永然法律事務所 李永然律師
北辰著作權事務所 蕭雄淋律師

版權授權：蔡雷平
初版日期：2015年11月
初版二刷：2015年11月20日
ISBN：978-986-352-187-7

總 經 銷：成信文化事業股份有限公司
地　　址：新北市新店區中正路四維巷二弄2號4樓
電　　話：(02)2219-2080

行政院新聞局局版台業字第3595號 營利事業統一編號22759935

定價：280元　特惠價：199元　

國家圖書館出版品預行編目資料

首席駭客 ／銀河九天 著. -- 初版. -- 臺北市：
風雲時代，2015.04- 冊；公分

ISBN 978-986-352-187-7（第9冊；平裝）

857.7　　104005339